그
이름으로 부를
때

여류의 노래 ⑥
이병철 서정시 선집

그
이름으로 부를
때

홍진북스

그 이름으로 부를 때

어쩔 수 없이 그 이름을 불러야 한다면 그것은 당신입니다.

바다에 외따로 떠 있는 섬 하나를 봅니다.
배 없이는 가닿을 수 없는 뭍과 그 섬 사이의 거리를 봅니다. 그렇게 우리는 서로 떨어져 있습니다.
내가 당신을 그리워할 수밖에 없는 까닭입니다.

바닷가에 앉아 그 섬을 그리다가 물 아래로 이어져 있는 그 섬을 보았습니다. 물 위로 외따로 떨어져 보이는 그 섬이 물 아래로는 굳건히 이어져 있었습니다.
언제나 따로 떨어져 외롭고 그리운 그 섬은 내가 딛고 있는 이 뭍과 한 번도 떨어져 있은 적이 없음을 알았습니다.

그 섬을 봅니다. 섬 그 너머를 봅니다.
아직도 내 그리움은 여전하지만, 이제는 외롭지 않습니다.
우리가 서로 하나로 이어져 있는, 한 번도 떨어져 있었던 적이 없는, 바라보기 위해선 거리가 필요한 것이었음을 아는 까닭입니다.

우리는 서로 하나로 이어진 뭍이면서 또 떨어져 그리는 섬이라는 것을.

당신을 봅니다.
당신 그 너머에도 당신이 있음을 봅니다. 온 사방 곳곳에서 당신을 만납니다. 가고 머무는 모든 곳에 당신이 있습니다. 보이는 그 너머의 당신을 보고, 들리는 그 너머에서 들리는 당신의 노래를 듣습니다.

서툰 내 노래를 다시 이리 묶는 것은 이 노래들이 따로 떨어져 있음의 외로움과 그리움으로 부르던 노래이면서 또한 한 번도 헤어진 적이 없는 하나 됨의 기쁨을 노래한 것이어서 당신과 그 모든 당신께 새삼 바치고 싶은 까닭입니다.

여기에 묶은 시들은 이미 '여류의 노래'라는 이름으로 펴낸 몇 권의 시집에서, 이른바 '서정시'에 해당하는 것들 가운데 120편을 추슬러 다시 묶은 것입니다.
이 과정에 함께 했던 몇 분의 이름을 여기에 기억합니다.

정원, 자윤, 화온, 민숙, 혜란 님, 그리고 편집을 맡아 애쓰
신 순철 님 고맙습니다.

다시 당신의 이름을 부릅니다.
언제나 내 곁에 함께 있고
또 떨어져 바라보고 있는
당신의 이름을

보이는 당신과
그 너머의 아련한 당신을

2021년 새봄의 첫 아침에
고마움과 그리움을 담아,
숲마루재에서
여류(如流) 모심

차례

2부
——

홀연히
지는
꽃 앞에서

3부
—

푸르게
깨어
있기를

4부

당신이라는
이름

1부

연가,
그 첫사랑의

내 생애

첫봄을 맞았다

당신의 안부를 묻는다

첫봄을 맞다

비갠 아침
산 위에 내린 눈
눈부시다.

오늘,
매화 한 송이
마침내 꽃망울 열었다.

설레임으로
온몸 열며
아린 그 향(香)을 듣는다.

내 생애
첫봄을 맞았다.
당신의 안부를 묻는다.

첫 매화

첫 매화 소식 들었다
첫 눈
첫 떨림
첫 손길과 첫 입맞춤
생의 마지막 순간에도
첫 마음 그리 오롯하기를

봄날의 연가(戀歌)

내 가슴에 한 사랑이 깨어 있을 때
온 세상이 놀라웠다.

만나는 모든 것들에 설레었고
잡았던 손 놓기 전부터 그리웠다.

그대 환한 미소 앞에서
모든 날들이 눈부셨다.

때맞추어 꽃 피어났고
새들은 온종일 노래했다.

일어나 샛별을 보고
잠들기 전 별똥별을 보았다.

온몸은 당겨진 시위처럼 팽팽했지만
발걸음은 춤추듯 가벼웠다.

아 사랑이 저물어 꽃이 지는가
꽃이 져서 사랑이 저무는가
연초록으로 돋았던 새순
황갈색 낙엽 되어 떨어졌다.

잎이 진 빈 가지에서
꽃눈은 어떻게 다시 피는가

새봄을 여는 씨앗 중에
삼동(三冬)을 품지 않은 게 어디 있으랴

봄을 꽃피우던 그 사랑 떠난 게 아니다.
다만 가슴에 잠들어 있을 뿐

그대 다시 노래를 불러라
봄을 깨우는 사랑의 노래를.

새봄의 신부

새봄이다.
오래된 봄이다.
오랜 봄이 새봄을 낳았다.

새봄의 나의 신부여,
오랜 여인이여,
그대의 뿌리는 깊고
그대는 새봄처럼 새롭다.
그대는 그대를 낳은 여인처럼 어머니이고
그대가 낳은 딸처럼 처녀이다.

새봄의 설레임으로 물든 나의 설레임이여,
그대의 품 안에서 나 또한 태어나고
나는 수줍음으로 물든 그대를 품는다.

나의 처녀여.
봄이 저물고 꽃이 지고 있다.
붉은 꽃잎 하나 우리의 언약 퍼 올리던 시린 물 위로 흐른다.

언젠가 가 닿을 푸른 바다를 본다.
다시 새봄이면 그 바다
저 나뭇가지 끝으로 올라 붉은 꽃잎으로 열릴 것임을.

해마다 새봄 피고 진 다음
언젠가 보듬어 안은 심장이 멈추고
우리의 언약 또한 잊힌 뒤에도
다시 새봄 와서 설레임 움터 나면
그때도 나의 신부여,
새롭게 태어나는 나의 처녀여.

봄바람

봄이 와서 바람이 불어 봄바람이 난다. 저 나무도 벌거벗은 제 몸 수줍어 서둘러 가리느라 새움 틔우기 바쁘고, 저 매화는 아예 눈 속에 꽃을 피워 오지도 않는 벌 나비를 유혹하느라 애가 탄다. 들풀들은 들풀대로 산새들은 산새대로 모두 저마다 단장을 하고 제 짝을 찾아 부르고 응답하며 분주하다. 옹달샘에 도롱뇽 벌써 알을 낳았는데 젊은이들은 젊은이대로 노인네들은 노인들대로 봄이라 씽쑹쌩쑹 봄바람이 난다. 온 천지에 봄이 와서, 온 천지에 바람이 불어 온 세상에 봄바람이 난다. 시방이 봄바람 앞에서 바람나지 않는다면 그건 살아있는 게 아닌 게지. 봐라, 저 오랜 나무에서 남 먼저 꽃이 핀다. 거울 앞에서 아침나절 화장하던 저 아줌마, 바구니 하나 들고 물오른 엉덩이 흔들며 봄나물 캐러 간다며 집을 나선다. 온종일 들녘을 다니다 햇쑥 너무 어려 못 캐고 빈 나물 바구니 두근두근 설레임만 가득 채운다. 큰애기 마냥 두 볼이 발그레하다. 봄이 익어 가는 까닭을 알겠다. 내게도 봄이 오르는가. 온몸이 근질근질하니 들로 나서야겠다. 씨 뿌릴 계절이 왔다.

봄밤

왼팔을 팔베개하여
당신을 재웠는데
이 아침
오른팔이 무거운 까닭은 무엇인가.

밖에 바람이 몹시 불어요.
봄이 깊어 가느라
꽃길을 여는 바람이야.
당신은 어느새 잠들었네.

가난한 당신 가슴 쓰다듬으며
이 작은 가슴으로 일구어온
그 풍성한 사랑 생각하다가
내 잠도 깊었는데
무슨 꿈이었던가.
잠결에 빙그레 웃은 것은.

어떤 새소리였을까
새벽을 깨우던 맑은 그 새소리는.
잘 잤어요.
그래요, 눈부신 당신의 아침.

이 아침 내 몸에서

봄 냄새 가득하다.
밤새 내 품고 잔 것은
봄이었던가.
당신의 두 뺨이 발그레
어느새 봄 한창이다.

목련이 지는 밤

기다리던 목련
피었다.
온 세상이 눈부시다.
마침 당신이 왔다.
한 대의 향을 사르고
붉은 초를 밝힌다.
찻물이 끓고 있다.
말을 잊고 마주 앉았다.
침묵을 뚫고 소리들이 밀려온다.
하마 목련이 지는가.
꽃송이 대지에 기대는 소리 들린다.
차를 따르는 손이 떨고 있다.
고맙고 서러운 인연,
봄밤이 지고 있다.

그 사람으로

뜨락에 갓 피어난
꽃에 눈 맞추다가

고개 들어 하늘 너머
먼 산 보다가

바람 소리 맑은
숲속 길 걷다가

비 내리는 저녁
고요한 음악 듣다가

눈 내려 사위 고요한 밤
달빛에 젖어 있다가

문득 그리워지는
그런 사람으로

그 사람 생각만으로
잔잔한 미소 피어나고
가만히
가슴 따스해지는

곁에 없어도
언제나 그 곁 포근한
마침내
새로운 길 떠나는 날
마지막까지 그리웠던 사람
그런 사람으로.

아침 미소

한 송이 꽃 따라서 온 세상 피어나듯
그대 작은 미소 한 자락에
세상이 웃는다.

일어나 눈을 뜨면 맨 먼저
웃을 일이다.
빙그레 눈으로 입으로 얼굴로
작은 물결처럼 미소가 퍼져나가
그대를 온통 가득 차게 하고

그대 따스한 눈길이 머무는 곳
숨 쉬는 것이든 침묵하는 것이든
그 무엇이든
살포시 감싸 안았다가
창밖 나무에게
조잘대는 작은 새에게
만나는 모든 이들에게 싱그런 그대의 미소로
하루의 축복을 보낼 일이다.

오늘 아침 그대 미소 한 자락으로
세상 하루 축복 속에서 태어난다.
한 자락 미소가
물결처럼 퍼져나가 마침내

온 우주에 가득 찬다.
그대를 그대의 미소이게 하는 것은
우주를 온통 한 송이 꽃으로 가득 채우게 하는 것
이 아침 그대 미소 따라
온 세상이 싱그럽다.

입춘제(立春祭)

봄은 바깥에서만 오는 게 아니라
내 안에서도 온다
한 사랑이 내 안에 가득했을 때
겨울 한 가운데서도 내 가슴은 찬란한 봄날이었음으로
그 사랑이 아픔과 함께 하는 것임을 알았을 때
봄 볕살 눈부신 날에도 가을의 스산함이 가슴을 메웠음으로
겨울 긴 날들을
눈 속에서도 피어나는 꽃 생각으로 보내다가
쪽빛으로 물드는 입춘의 바다에 몸을 담그며
봄 마중을 한다..
아직도 가을을 앓는 내 가슴에게
이미 봄이 이리 왔다고
동백 빨간 꽃 그림자에 설레는 저 바다를 보라고.

그리움 바래기

그늘에선 그리움도 쉬 자라겠지요.

봄비 내린 뒤 돋는 새순처럼
그리움 너무 빨리 자라나
주체할 수 없어 햇볕에 바래려
거리로 나섰습니다.

햇살 눈 부신 거리엔
머리에 노란 송홧가루 뒤집어쓴 사람들이
저마다의 그리움 안고
말없이 오가고 있었습니다.

살아있다는 것은
누군가를 그리워한다는 것이고
그리워한다는 것은
살아있다는 것임을 알겠습니다.

그리움 바래려다
되돌아오는 길
내 안고 있는 그리움에
노란 송홧가루만 가득 묻혔습니다.

연가(戀歌), 그 첫사랑의

누군가 그토록 기다리던
그 첫눈이 있다면
타는 대지의 가슴 적시던 그 첫 빗줄기도 있고
처마 끝 풍경 처음 울리던
그 첫 바람 또한 있을 게다
첫 눈길,
첫 마음 그 처음의 설레임
첫 입술
그런 첫사랑 또한 있을 게다
언제였던가
어느 때였던가
잠들지 못했던 그런 첫 순간들 있었을 게다
그대 그 첫 순간들을 지나 이제 남은 건
기억의 흔적뿐이라 말하지 마라
새롭지 않은 오늘이 없다면
어찌 설레지 않을 수 없는 그런 사랑이 있으랴
첫 바람이 울리는 저 풍경소리
오늘 다시 처음 들었다.
그대 첫사랑 그 처음의 노래 다시 불러라
오늘 우리의 사랑이 그 첫사랑이다.

오월의 밤이면

저 소쩍새 밤새 이리 울어 쌌는 게
그 소리 내 들으라고 우는 것 아닌 줄은 뻔히 알지만
내 깊이 잠들어 애절한 그 울음 듣지 못하면
저 소쩍새 왠지 더 서러울 거라 싶어서

출렁이는 달빛 아래 하얗게 핀 찔레꽃
내 보기 좋으라고 그리 핀 게 아닌 줄은 나도 알지만
가슴을 스며드는 저 찔레 향기 모른 채 잠들면
저 찔레꽃 왠지 더 외로울 것 같아서

오월의 밤이면 깊이 잠 못 들고 이리 뒤척이는 것은
저 이팝꽃 밤에도 너무 눈부시어 내 그냥 잠들면
작은 풀꽃 앞에서도 차마 발걸음 옮기지 못하던 당신
나 대신 온 밤 홀로 지새울 것 같아서

하얀 꽃

오월을 걷는다
사방 초록의 천지
물빛조차 진초록이다.
출렁이는 초록의 복판을 헤쳐 네게로 간다.
너는 그 초록 속 하얀 꽃
아카시 찔레꽃 같고
이팝나무 때죽나무 층층나무 꽃 같은
하얗게 그리 눈부신 꽃
초록빛으로 눈먼 내 눈을
초록 바다에서 허우적이던 내 혼을 화들짝 깨우는
그 하이얀 꽃이다
그 아픔이다
오월의 너는.

한 송이 꽃 되어

저무는 가을
당신 오신다는 걸
바람결에 들어 알았습니다.
먼지 쌓인 꽃병 씻어 놓고
설레는 마음에 뒷산으로 달려갔지요.
저녁노을 눈부신데
그 많던 구절초 쑥부쟁이
오늘따라 왜 그리 외로운지
빈손으로 돌아와
당신께 드릴 것 없는 내 가난에 한숨짓다가
어느 생에선가 나 또한 한 송이 꽃이었음이 생각났습니다.
몸 씻어 단장하고 꽃병 앞에 앉았습니다.
어디쯤 오셨나요.
당신이 문을 열면
그땐 내가 꽃 되어 피어 있을 거예요.

눈물로 젖은

네 안에 슬픔의 샘이 있어
세상에 마르지 않는 강이 있다
세상에 소리 없이 흐느끼는 강이 흘러
내 안에도 일렁이는 슬픔이 있다
네 뺨에 흐르던 눈물 한 방울이
마른 내 가슴을 적시듯
슬픔이 샘솟아 강으로 흐르고
슬픔으로 흐르는 강이 마른 대지를 적신다..
세상의 꽃들 모두 서럽도록 눈부신 것은
눈부시게 피었던 그 꽃들
그토록 서럽게 지는 것은
눈물로 젖은 땅이 그 꽃들을 피웠기 때문이다.

훗날에

모든 것이 흐르듯
우리 사랑도 흘러
당신에 대한 내 설레임 사라지고
당신을 사랑했던 내 몸조차 사라진 뒤에도
해마다 다시 봄 오고
그 봄을 여는 매화 저리 꽃 피면
매화나무 아래에서 매화꽃 헤던,
그 당신을 그리던 나 또한 거기 있으리니.
봄날 종일을 온몸 열어 매화 향(香) 들던
내 사랑도 함께 피어 있으리라.
겨울을 지나 봄 오듯
훗날 내 오랜 사랑은.

모심(侍)

내 눈길이
그 모든 눈길들이
포옹이기를,

내 손길이
그 모든 손길들이
애무(愛撫)이기를,

내 말이
그 모든 말들이
입맞춤이기를,

내 몸짓이
그 모든 몸짓이
춤사위이기를,

내 존재가
그 온존재가
제물(祭物)이기를,

당신께 올리는
온전한.

남녘바다 일기
- 그 바닷가

아직 겨울의 절기가 한창인 날
그 바닷가에 앉아
봄은 바다에서 태어난다는 내 오랜 미련을 놓지 못한 체
바람 속에서 봄의 냄새를 맡고자 했다
섬을 마주하고 있지만
바다에 서지 않고선 만의 안쪽을 볼 수 없는
내밀한 이 바닷가는
마치 당신의 깊은 자궁 속 같아서
어느 곳보다 봄이 먼저 찾아와
그 속에 또아리 틀고
봄 싹 움 틔워 뭍으로 나누기에 맞춤한 자리였다
그 바닷가에선 동백보다 먼저 피어난 산다화가
동백보다 더 붉게 견디다가
더 서럽게 흩어져 내렸다
물결에 출렁이는 산다화를 그리다 보면
바람 속에선 비릿하고 향긋한 냄새가 났다
시리도록 푸른 그 동지(冬至)바다에 알몸을 담가 식히던
당신의 몸 내음과 비슷했다
목이 말랐다
봄을 기다리는 일은 열병을 앓는 일일까
언덕에 서면 해돋이와 해넘이를 한자리에서 볼 수 있었다
바다에서 돋아 바다 너머로 저무는 붉은 해
당신은 치맛자락을 열어 그 붉은 해를 받았다.

그 바닷가에 봄이 오르면
언덕에서 물길까지를 온통
노랗고 하얀 수선화의 별 밭 천지로 만들었다.
가쁜 호흡으로 잠 못 이루며 바라보던 히말 설산의
그 쏟아지는 별 떨기 같은
당신도 그 별 밭에서 그리 피어 있었다
내가 봄을 이리 기다리는 것은 이 언덕의 수선화인가
그 수선화 속에 피어 있던 당신인가
이 언덕에 봄이 미리 앞질러 오는 까닭은
바닷물에 담갔던 당신의 푸른 그 알몸을
해마다 이 산다화 꽃그늘 아래서 푸는 때문임을
그 겨울 바닷가에서 나는 알았다
봄이 왜 바다에서 태어나는지를.

기도

내 생명의 불꽃이 꺼져
내 사랑이 멈추게 하지 마시고

내 사랑이 끝나
내 생명의 불꽃 꺼지게 하소서.

그러면 좋겠네

내일은 날이 환했으면 하고 생각한다.
내일은 눈이 좀 내렸으면 좋겠다고 당신이 말한다.
그러면 좋겠네.
눈 온 뒤 더 눈부신 날을 생각한다.

동쪽으로 가서 해돋이를 보았으면 하고 생각한다.
서쪽으로 가서 붉게 타는 저녁노을을 보고 싶다고 당신이
말한다.
그러면 좋겠네.
해넘이가 눈부시면 해돋이가 더 장관일 거라고 생각한다.

봄이 오는 바다를 보았으면 하고 생각한다.
산에 가서 생강나무 꽃망울 버는 걸 보자고 당신이 말한다.
그러면 좋겠네.
생강꽃 노랗게 터져야 봄 바다 진초록으로 물드는 걸 생각
한다.

한사랑

내가 나비였을 때
당신은 꽃이었지요

내가 꽃이었을 때
어느새 당신은 나비가 되었고요

내가 메마른 흙이었을 때
당신은 촉촉한 비되어 오셨습니다

내가 산이었을 때
당신은 그 산을 비추는 고요한 호수였지요

긴 날
먼 길 걸어 지친 다리 끌며 돌아왔을 때
당신은
저문 밤길 밝히는
따스한 등불이었습니다

돌아보면 언제나
당신은 그렇게 함께 있었지요

철없던 마음이라
여태껏 그것이 당신 사랑임을 몰랐습니다

이 아침
감당할 수 없는 그 사랑 앞에
무릎 꿇습니다

아, 어느 결에 당신은
내 무릎을 받치는 방석이 되어 계십니다.

떨림

네 이름을 부를 때
내 가슴이 따스해지지 않는다면,
네게 가닿는 내 손길 떨리지 않는다면
다시 심장을 데워야 하리.
어둠별 저물 때까지 이슬에 발 적시며
밤하늘별을 다시 헤어야 하고
모든 지는 것들과
밤새워 우는 것들에 다시 귀를 돋우며
길섶 파란 달개비 꽃 앞에서
산 능선 하얀 구절초 앞에서
발길 멈추고 새로이 눈 맞추어야 하리.
오늘이 언제나 새날이듯
우리의 사랑은 언제나 처음이다.
맨 처음 네 앞에서의 내 떨림
다시 네 이름을 부르고
그 첫 떨림으로 네게 다가간다.

내 사랑은 내 떨림.

내 사랑은

내 사랑은 출렁이는 저 바다와 같네
당신에게로 쉼 없이 출렁이지
저 파도는
당신에게 달려가는 내 발길
떨림으로 다가가는 그 손길이네
고요히 밀려가기도
와락 온몸으로 쏟아지기도 하지
달빛 환하게 눈부실 때
내 몸도 은빛 물결로 반짝이고
비 내리는 밤엔
부둣가 노란 불빛 아래서 목이 잠긴 노래를 부르지
당신은 언제나 저만치 서 있고
나는 당신에게 가닿기 위해
오늘도 온몸 떨며 출렁이네
뭍에 부딪혀 울리는 저 파도 소리는
목매게 부르는 당신의 이름
저 바다는
그리움으로 일렁이는 내 사랑과 같네
잠시도 이 떨림 멈출 수 없네

강(江) 같은

오시는 당신을 마다하지 않았습니다.
한밤중에도 언제나 문은 활짝 열려 있습니다.

가시는 당신을 붙잡지 않았습니다.
오셨듯이 가실 수 있도록 문을 항상 열어두었지요

오늘도 설레임으로 당신을 맞습니다.
오늘도 그리움으로 당신을 보냅니다.

당신이 내게 왔다가 가실 때마다
소리 죽여 흐느낀 아픔이 푸른 깊이를 더 합니다.

붙잡지 않아 흐르는 것들이 이루는 바다를 알기에
당신을 맞고 또 그렇게 보냅니다.

설야(雪夜)를 다시 외우며

속절없듯 가을 저물고 겨울 들머리 어디선가 첫눈 소식 전해지면 나는 몸살처럼 눈 내리는 밤이 그리워 김광균의 '설야'를 외운다. 그러나 그 시의 첫 몇 행만 떠오를 뿐 나머지 행들은 머릿속에서 맴돌다 엉켜있다. 해마다 다시 겨울이 오고 첫눈 소식으로 목이 잠기면 매번 이 시를 다시 외워야 한다. 그렇게 이 시는 내게 오래고 늘 새롭다. 이 겨울도 눈에 대한 그리움으로 첫눈 소식 들리면 어김없이 다시 이 시를 외울 것이다. 첫눈에 대한 헌시, 이것은 아픈 사랑들을 위한 내 의식(儀式)이자 당신에게 전하는 늦은 안부이다. 그러다가 긴 겨울도 저물어 마침내 쌓인 눈이 녹고 빈 가지에 연둣빛으로 새순이 돋아 연분홍 꽃들, 온 산천에 피울음 토하듯 진달래 붉게 물들면 나는 그 봄의 눈부심과 그 처연함에 넋을 놓으며 눈 소식과 함께 겨우내 읊조려 왔던 이 시 또한 까마득히 잊을 것이다. 그러나 한 계절의 시작은 언제나 그 끝에 닿아 있으니 여름과 가을을 지나면 어김없이 겨울 또한 돌아오리라. 그렇게 다시 겨울을 맞으면 벽장 속에서 오랜 겨울 외투를 꺼내 입듯 내 가슴 한켠에 깊이 묻혀 있던 이 시, 설야를 다시 끄집어내어 눈 오는 밤엔 소리 높여 읊으리라. 촛불을 밝힌 황토방에서 당신의 눈 속에 출렁이던 그 남녘 바다를 바라보면서. 하얀 알몸 그대로 바닷속으로 자맥질하여 쌓일 길 없는 그 가련한 남녘 포구의 눈꽃들을 위하여. 겨울 깊어질수록 더욱 아려오는 발끝에 박힌 묵은 동상처럼 눈 내리는 밤이면 더욱 선연한 젊은 날들의 상흔들, 타다가 남은 내 오랜 그리움을 위하여. 다시 오는 진달래 붉게 피어나는 그 아린 봄을 위하여. 기억 저편에서 젖어오는 빈 가슴들을 위하여. 설야, 그 싸늘한 추회를 나는 다시 읊조릴 것이다.

섬(島)이 품은 섬

건너 보이는 바다에 섬이 있다
아직 가보지 못한 그 섬은
언제나 뭍과 떨어져 외롭고
스스로를 품어 늘 고요했다
아직 자신을 품는 법을 알지 못한 나는
항상 그 섬이 궁금했다
여태 기다려왔지만
그 섬은 한 번도 뭍으로 나들이하지 않았음으로
가을 저물어 외로움이 물안개처럼 피어오르는 날
나는 그 섬으로 갔다
섬에 발을 내딛는 순간
출렁이는 물결 위에 있으면서도 흔들림 없는
섬의 그 견고함에 나는 놀랐다
섬은 떠 있는 게 아니라 굳게 뿌리내리고 있는 것이었다
섬은 그 자체로 또 하나의 뭍이었다
발을 딛고 선 순간 섬 또한 뭍이 된다는 것을
그리워하기 위해선 바라볼 수 있는 거리가 필요하다는 것을
그래서 섬 안에도 또 섬이 있다는 것을
이제껏 자신을 품지 못한 것은
내 안의 깊은 뿌리 보지 못하여 스스로를 떠도는 섬이라
믿은 까닭임을
그렇게 그 섬에서 내 안에도 섬이 있는 것을 보았다
나와 떨어져 외롭고

스스로를 품어 늘 고요한
언제쯤 나는 그 섬에 가닿을 수 있을까
섬이 품고 있는 내 안의 그 섬에.

슬픈 치(峙)

봄이 태어나는 바다를 보신 적이 있나요

입춘의 바다
쪽보다 더 짙은 그 물빛을 보았나요
온몸 뒤척이는 그 소리를 들었나요

비진도
수포 가는 호젓한 그 길 너머로 솟은
슬픈 치에 올라
가슴 속 깊이 묻어둔 그 바다
함께 깨어나 철썩이는 걸 보셨나요

봄 볕살 속에
푸른 슬픔이 왜 그리 출렁이는지
그 바다와
저물도록 눈 맞추어 본 적이 있나요.

몸으로 존재하는

사랑하는 이여,
그대는 내게
몸으로 여기에 존재하는 이유가 무엇이냐고 물었다.

사랑하는 이여.
내가 몸으로 여기에 있는 것은
몸으로 드러나 있는 그대를 사랑하기 위해서이다.

그대가 몸을 갖고 여기에 오고자 했을 때
몸으로 오는 그대를 위해
나 또한 몸으로 와서 그대를 기다렸다.

이 몸이 없이는
몸으로 오는 그대를
몸으로 사랑할 수 없는 까닭이다.

그러므로 이 몸은
몸을 가진 그대를 사랑하기 위한
몸으로 드러나 있는 나이다.

몸 너머의 사랑을 갈망하는 그대여.
이 몸 이전의 우리 사랑이 그러했고
이 몸 이후의 사랑이 또한 그러하다.

지금은 여기 이 몸의 사랑에 오롯할 때
그런즉 그 몸을 사랑하고
그 몸으로써 사랑하라.

몸은 신성을 모신 사원이라고 말하지만
사랑하는 이여.
몸은 드러나 있는 신성이다.

몸으로서 몸을 모시는 것이
몸으로 드러나 있는
지금 여기에서 우리 사랑인 것은 이 때문이다.

이 별에서의 사랑법

모든 만남이 다 인연이듯
모든 사랑은 다 운명이다.

사랑한다는 것은
한 존재를 통째로 삼키는 일.

장미를 사랑한다는 것은
그 가시까지 사랑한다는 것.

너를 사랑한다는 것은
너 눈가의 살풋한 웃음
온 얼굴로 짓는 환한 미소
귓불을 간질이는 달콤한 속삭임과
뜨거운 심장만이 아니라

너 가슴 속 깊이 흐르는 슬픔
아직도 아픔으로 남은 묵은 상처들
또아리 튼 질긴 욕망과
숨겨진 날카로운 발톱까지를 사랑한다는 것이다.

너를 사랑한다는 것은
너의 존재를 통째로 삼킨다는 것.

드러나 보이는 것과 드러나지 않은 모든 것
미처 알지 못하고 아직 느껴보지도 못한
너 자신 속에 숨겨진 그 모든 것을
그대로 감싸 안는다는 것이다

그렇게 너를 사랑한다는 것은
그러므로
그렇게 나를 사랑한다는 것.

너 없이 나를 사랑할 수 없고
너 없이 나를 용서할 수 없는 것은
너는 나의 다른 이름인 까닭이다.

오늘 한 존재를 사랑하는 것은
지금 여기에 한 존재로 살아있기 위해서이다

사랑하는 것 말고 달리 할 일이 없다는 것은
사랑하지 않고서 여기에 존재할 수 없는 까닭이다.

오늘 너의 이름으로 나를 본다.
내가 여기에 태어났고
그것이 이 별에서 너를 사랑할 수밖에 없는 운명이다.
너를 통하지 않고서는 나에게 닿을 수 없는.

2부

홀연히
지는
꽃 앞에서

꽃이 핀다는 것은

지는 것이기도 하다는 것을

진즉에 그리 알았더라면

별리(別離)

방안에 촛불 지고
땅 위에 꽃 지고
밤하늘 별 지고
가슴에 눈물지고

좋은 날

사랑하기에
이별하기도

태어나기에
돌아가기도

모든 날들이
고맙고 눈부신 날

떨림의 까닭

한 송이 꽃이 어떻게 피어나는지를
떨리는 가슴으로 지켜본 사람은
꽃 한 송이가 지기 위해 애씀이 어떠한지를 안다.

서녘 햇살에 긴 그림자 끌며 먼 길 걸어본 사람은
남은 날들의 소중함이 어떻게 절실한지를 안다.

보름달보다 열이레 달이
어떻게 더 깊게 비치는지를 아는 사람은
떠나는 것보다 기다리는 것이 어째서 더 애달픈지를 안다.

빈방에 앉아 두 잔의 차를 따른다.
마주한 잔이 떨리는 것은
지는 꽃 앞에서 떨고 있는 당신 때문임을 이제사 안다.

목련 앞에서

하얀 꽃그늘에서
오래고 늘 새로운 존재를 생각한다
나보다 먼저 있었고
또 나중에 있을,
어머니 땅에 뿌리하여
한 번도 제자리 벗어나려 한 적이 없이
사철 천지의 운행에 몸을 맡기고
햇살과 구름
바람과 눈비 가림 없이 보듬어 안아
봄마다 더 새롭게 피어나서
온 세상 눈부시게 장엄한 뒤엔
하이얀 그 꽃잎 미련 없이 흩어버리고
한 가닥 남은 향기마저 바람에 띄우는
머무르는 바 없는 보시를 생각한다.
환한 미소 그 자취 지운 자리에서
존재만으로 그저 기쁘고 고마운
무구(無垢)한 영혼을 생각한다.

흔들리는 것들에 눈 맞추며

삶이 곧 이별이라고 말했지
이별도 연습하면
덜 서러울 수 있을까
바람이 없어도 꽃잎 떨어져 내리고
오래 머물 순 없을 거라고 말했지
붙잡아도 머무를 수 없는
그런 때가 오고 있음은 알아
이별하기에 좋은 날도 있을까
비에 젖으면서도 피는 꽃을 좀 봐
꽃이 피어 설레는 게 아니라
설레어서 꽃이 피는 거라고 말했지만
남은 날들 가운데
설레임으로 함께 지낼 입춘제(祭)가 몇 번이겠어
가야 할 길이라 서둘지는 마
비바람 속에 꽃잎 저무는 저 길
흔들리지 않고 걸어갈 수 있을까
젖지 않은 가슴으로 네 눈 깊게 바라볼 수 있을까
흔들리는 것들에 눈 맞추며
목이 메지 않고도 노래할 수 있을까
삶이란 다만 이별을 연습하는 일이 아니라
사무치게 만남을 준비하는 일이라고
그렇게 너를 그리는 것이라고.

지는 것들 앞두고

피는 꽃 앞에서 설레었듯이
지는 꽃 앞두고 두 손 모은다..
저 해 저물어 눈부신 이 아침 다시 오듯
속절없음으로 절실한 이 순간
지는 꽃 있어 피는 꽃 눈부시다
너를 보내는 길에서
눈물 지우고 다시 미소 지을 수 있는 것은
피었던 꽃 시들어진 뒤
그리 지는 꽃 속에서
새로 피어나는 꽃을 이제 보는 까닭이다
저 꽃 다시 피어나듯
언젠가 다시 돌아와 더 깊은 눈매로
내 앞에 서 있을 너를,
세상에 지는 것들의 눈물겨움이 있어
피는 것들을 이리 눈부시게 한다는 것을
네가 이미 아는 까닭이다.

떨어져 지는 꽃은

뚝뚝 떨어져 지는 꽃은
그 겨울
붉은 동백만이 아니다.
눈부신 이 가을
하얗게 핀 차꽃 뚝뚝 떨어지고

무너져 내리는 것은
큰물 뒤의 산사태만이 아니다.
너를 보낸 뒤
꽃 사태 지듯 내 가슴 무너지고

그리움으로 지새는 것은
봄밤 저 접동새만이 아니다.
눈 감을수록 생생한 너의 모습
뜬 눈으로 긴 밤 지새고

그리 다시 돋는 것은
길섶의 저 질경이만이 아니다.
묻었던 너의 이름
저문 별 따라 밤마다 돋아나고.

그대 향한

그리움으로
긴 밤 지샌다 해도
내 눈이 맑기를

설레임으로
두근대는 가슴일지라도
내 숨결 고요하기를

목마름으로
애타는 몸짓일지라도
내 마음 평안하기를

이 아침에 드리는
그대 향한
내 기구(祈求).

조사(弔詞)

나의 죽음은 나의 태어남에서 비롯하였다
그리하여 나의 삶이란
나의 죽어감이었다
내가 살아온 것만큼 나는 죽어간 것이었다
아름답게 산다는 것은
아름답게 죽어간다는 것
그러므로 죽음이란
삶을 경작하여 피워내는 꽃이었다
지금 여기를 오롯이 살아야 하는 것은
오롯한 한 송이 꽃을 피우기 위한 것
너를 향한 내 사랑은 그 꽃의 향기였다
마침내 내 걸음에서 내 숨결이 떠났을 때
내 눈빛이 다해 다시 너를 그릴 수 없을 때
지난 내 삶을 바쳐 가꾼 그 한 송이 꽃을 품고
첫 설렘의 자리로 돌아갔다
돌아오는 자리가 다시 떠나는 자리였으므로
그 길에서 내 사랑으로 피운 그 꽃의 향기는
새로운 문을 여는 열쇠였다
그러므로 하나의 문을 닫는다는 것은
다시 하나의 문을 새롭게 여는 일이었다
나의 삶이 나의 죽음으로 비롯되었듯이.

남녘일기 초(抄)

- 푸른 눈매

깊은 하늘을 닮아서인가
내항(內港)의 물빛도 눈 시린 쪽빛이다
정박해 있는 배들을 품은 포구의 모습이
엄마 자궁 속에 아기를 품은 것 같다
거칠게 밀려오던 파도는 품 안에 들어 스스로 고요하다
잔물결 따라 요람처럼 흔들리는 배 위에서
갈매기 두어 마리 젖은 깃을 쉬고 있다
이곳,
내 유년이 숨 쉬던 아득하던 이 바다에서
나는 지금 무엇을 낚고 있는가
내 그물에 걸려오는 것은 무엇인가
그물을 깁고 어구(漁具)를 챙기던 그 손은 지금 무엇을
건지고 있는가
모두 떠나고
목쉰 노래도 따라 떠난 뒤 남은 빈 배들만 쓸쓸하다
만선(滿船)으로 펄럭이던 오방색 깃발들과
갑판 위에 가득히 은빛 비늘을 퍼덕이던
그 싱싱한 물고기들은 모두 어딜 간 것인가
풍어제와 별신굿을 지내던 부두 뱃머리에서
물길 나간 남정네를 기다리며 종일을 서성이던 아낙들도
낮술에 붉어진 얼굴로 육자배기 즐겨 부르던 사내들도
어디론가 그리 떠났다

한겨울에도 이 포구에선 비가 내렸다
비에 젖는 겨울 부두에 서서
눈 오는 바다를 얼마나 그리워했던가
하늘 가득 하얀 알몸들이
푸른 물속으로 마냥 뛰어드는 모습을
겨우내 그리곤 했다
비 오는 밤이면 가로등에 비치던 꿈결 같은 풍경들
그 아득함 속엔 촉촉한 눈매 하나 겹쳐 떠올랐다
소금기 머금은 바닷바람으로 사철 빛나던 이 포구의
동백 이파리처럼
푸르게 젖은 그 눈매
기억한다는 것은 재 속에 묻었던 불씨를 지펴
불꽃으로 다시 타오르게 하는 것인가
내 유년과 지금 돌아온 이 포구와의 사이
아득하고 막막했던 시간의 바다
그 깊이는 얼마인가
내미는 내 손길은 허공 속을 헤이지만
가슴에 다시 피어난 그 눈매의 선연함은 더욱 아릿하다
젖은 그 눈매와 함께 떠났던 여객선도
이제는 다시 돌아오지 않는 이 포구에서
지금 내가 기다리는 것은 무엇인가
산다화 꽃잎이 눈송이처럼 흩어져지는
이 남녘의 겨울 포구에

이제 다시 돌아와
빈 그물질로 내가 건져 올리는 것은
묻었던 기억인가
다시 아릿한 그 눈매인가
이 포구를 떠난 뒤
흔들리던 잠결마다 갯내음으로 다가와 품어주던
남녘바다의 검푸른 그 눈매.

눈물로 젖은

네 안에 슬픔의 샘이 있어
세상에 마르지 않는 강이 있다
세상에 소리 없이 흐느끼는 강이 흘러
내 안에도 일렁이는 슬픔이 있다
네 뺨에 흐르던 눈물 한 방울이
마른 내 가슴을 적시듯
슬픔이 샘솟아 강으로 흐르고
슬픔으로 흐르는 강이 마른 대지를 적신다
세상의 꽃들 모두 서럽도록 눈부신 것은
눈부시게 피었던 그 꽃들
그토록 서럽게 지는 것은
눈물로 젖은 땅이 그 꽃들을 피웠기 때문이다

가림 없이

바람이 그친 뒤에
떨어지는 꽃을 봅니다

빛이 있는 곳에
그림자 있음을 압니다

환한 미소 끝에서 물안개처럼 피어나는
슬픔의 자락을 보았습니다

내게 오는 것
모두 당신이 주시는 것입니다

싫다는 말
이젠 놓겠습니다

그냥 고맙게
다만 고맙게 받겠습니다

햇볕과 비바람 가림 없이
당신이 주시는 것 모두

먼저 가닿아

온종일 햇살 아래 서 있는 사람은 당신인데
얼굴이 시커멓게 그을리는 사람은 나다.

날마다 순례길 걷는 사람은 당신인데
제 자리 서성거리며 지친 다리 끄는 사람은 나다.

외롭고 아픈 가슴들을 보듬고 노래하는 사람은 당신인데
그런 당신을 그리며 가슴 젖는 사람은 나다.

바람 앞에 울릴 채비를 미리 끝낸 저 풍경처럼
온몸 더듬이로 당신께 가닿아
언제나 먼저 울리는 사람은 나다.

바람새

바람 빛 맑은 십일월은
돌아가기 좋은 달이라고,
저 바람처럼 내 혼(魂)도 그리 맑으면
가볍게 떠날 수 있을 거라고.
가는 그날 아침도
미소 지으며 일어나
숨결 고요히 명상하고
내 고마움과 서러움의 인연들께 삼배(三拜)하며
그리움 고이 접어놓고
그렇게 떠날 수 있으면 하고
나는 말하고

다시 돌아온다면
바람이었으면,
꽃향기 실어 나르며
깊은 산사(山寺)의 풍경 가만히 깨우거나
눈부신 언덕 위에 푸른 룽다 나부끼는
걸림 없는 한 줌 바람으로나 왔으면,
아니면 그 바람 타고
이 하늘에서 저 하늘로 떠 있다가
이 산과 저 산 넘나들며
이 가지에서 저 가지로 노래 나르는
그런 새 되어 왔으면 하고

당신은 말하고

나는 이제 갈 때를 말하는데
당신은 다시 올 때를 말하고

다시 십일월의 하늘을 본다.
그 하늘의 바람과 새를 본다.
당신을 본다.
이미 바람이고 이미 새인
바람새를.

저문 강에

당신은 눈부신 아침을 보고
나는 노을 진 저녁을 본다.

당신은 지난날들을 보고
나는 남은 날들을 본다.

당신은 입가의 미소를 보고
나는 젖은 가슴을 본다.

당신은 처음인 양 보고
나는 마지막이듯 본다.

저문 강가에 기대어
흐르는 산을 본다.

당신의 깊은 눈을 본다.
당신 속의 나를 본다.

흐르지 않는 것은 무엇인가.
어둔 길 나서는 작은 발을 본다.

강가에서

저문 강에서 그댈 보내고
아침 강에서 그대를 그린다.
세월은 강물 따라 흐르는가.
봄꽃 붉게 비치던 강에
노랗게 단풍 지고 있다.

이 강은 어디서 흘러와
어디로 가는가.
그대는 어디쯤 걸어가
언제쯤 돌아오는가.
떠날 줄을 안다면
돌아올 줄도 알 것을.

내 안 깊이 흐르는 강에
저녁노을이 곱더니
아침에 물안개 피었다.
이리 날이 맑으면
달그림자 비친 그 강에서
그대 모습 다시 보겠다.

꽃이 지는 법

혼신으로 피워 올린 그 꽃
한순간 속절없이 떨어져 진다
동백꽃 모가지 째 선연히 지고
벚꽃 하얀 그 꽃잎 한 닢 한 닢 바람결에 싣는다
피었던 꽃 저마다 그리 다 지는 것은
저 꽃들 피기 위해 애씀처럼
제때 맞춰지기 위해 그리 애쓴 까닭임을
그러므로 꽃을 피운다는 것은
꽃을 지게 하는 것이기도 하다는 것을
나 또한 저 꽃들처럼 저물고 있는 이 길에서
내 질 때를 알아
그때 놓치지 않고
머뭇대거나 미루지 않고
저 꽃 지듯 그리 훌쩍 떠날 수 있기를
바람이 멈춘 자리
깊은 고요 속으로 꽃잎 한 닢 날아와
가만히 내 어깨에 기댄다
이번 생에 나로서 피어난 이 꽃
또한 그리 질 수 있기를

깊은 가을

그대는 떠나고 나는 머문다.
한 대의 향을 피우고 그대를 생각한다.
창밖으로 가을이 저물고 있다.
세상을 향해 길 위에 나선 그대
오늘 저녁 머물 곳은 어디인가.
나의 몸은 집에 매여 있고
그대의 몸은 길 위에 있다.
존재를 위해 지은 집에서 내 존재는 소유 당하고
붙잡는 길 위에서 그대는 새롭게 길을 연다.
흐르지 않는 것은 무엇인가.
내 마음 그대를 따라 걷는데
내 몸은 남아 저문 가을비에 젖고 있다.

가을 안부(安否)

하이얀 이 꽃 보았는가.
아린 그 향 맡았는가.
시린 저 달 품었는가.
그리운 그 노래 들었는가.

눈물겨운 이 계절
그리움 널어 말리려다
하늘 너무 깊어
나는 주저앉아
너의 안부를 묻는다.

남은 가을은 몇 번인가.
눈을 감고 길 더듬다가
갈 곳을 잊었다.

바람처럼 저 새처럼

햇살 눈부시다
너를 보내기 좋은 날이다
어차피 보낼 수밖에 없는 거라면
이리 하늘 파랗고 볕살 눈부신 날이기를 바랐다
애초에 너는 그물로 가둘 수 없는 바람처럼
구름 높이 나는 저 새처럼
하늘에 속한 사람이었음을
그러므로 붙잡은 내 미련은 땅에 속한 것이었음을
그렇게 너를 보내고서야
나 또한 저 먼 별에 고향을 두고 왔음을 기억했다
오늘 너를 보내듯
언젠가 그날
눈부신 이 가을 볕살 아래 나도 그리 떠날 수 있기를
걸림 없는 바람처럼
그 바람 타고
저 높이 떠 흐르는 새처럼.

네 절망과 네 고통이

너의 고통
나를 대신해서 그리 앓고 있는 것이라면

네 슬픔
나를 대신해서 그리 슬퍼하는 것이라면

너에게 닥친 그 불행
나를 대신해서 그러한 것이라면

네 좌절, 네 절망, 네 외로움, 네 눈물 그 모든 것
나를 대신하여 그러한 것이라면

나를 위해 온몸 던져 올리는 너의 기도
그 혼신의 공양으로
지금 내가 이리 있는 것이라면

이 아침 오늘 하루를 미소 짓고 시작할 수 있는 것은
어디선가 밤새워 내가 감당해야 할 그 아픔들을
송두리째 네가 대신하고 있기 때문이라면

시방 죽음을 묻는 것은

시방 죽음에 대해 묻는 것은
여기 삶에 대해 묻는 것이다

그 돌아갈 때가 언제인가
내 남은 날들을 헤아리는 것은
마지막 그 순간까지
지금 여기를 오롯이 살기 위해서다

삶의 매 순간마다
내 모든 열정과 기운을 다하여
온 존재로 사랑하기 위해서다

더 활짝 가슴 열어
더 많이 감사하고
더 깊게 사랑하고
더 밝게 축복하기 위해서다

돌아보면 얼마나 아름답고 눈물겨운가
물결치는 이 우주에서
함께 파동 하며 우리가 지어온 이번 생
그렇게 일군 이 세상이란

잘 살아가는 것이 또한 잘 죽어가는 것

그리하여 아름다운 죽음이란
혼신을 다한 삶의 열매이다

마지막 자리
환히 미소 머금고
감사와 사랑으로 작별의 인사 나누며
그리움으로 하나의 문을 닫고
설레임으로 새로운 문을 열기

낮과 밤이 하루이듯
그믐이 초승으로 이어져 있다
아침 해돋이의 눈부심처럼
저녁 붉새 또한 얼마나 장엄한가

두 개의 향을 지피고
너에게 삼배한다
모든 저무는 것들에
다시 돌아가는 것들에게.

기약 없이

다시 올 수 있을까
기약할 수 없는 그 길

다시 온다 해도
알아볼 수 있을까

마주 보더라도
당신인 줄 알아챌 수 있을까

서로를 알아볼
무슨 표식이라도 있을까

어디서 본 듯하다며
고개 갸웃하다가 스쳐 지나지나 않을까

다시 올 때는
바람이나 새가 돼야겠다던 당신

아침이면 창가에 와 지저귀는 그 작은 새나
풍경 울리며 지나는 그 바람을 당신이라 여길까

다시 당신 찾아 한 생을 헤매며
지는 노을마다 한숨 지어야 할까

미련 없이 떠나는 길은 무엇일까
기약 없이 떠나는 마지막 그 길

다시 언약을 묻는다

남은 날들이 지나온 날보다 길지 않는 날들을 지나며
하는 일 없이 앉았어도
저절로 흐르는 세월은
스쳐 지나는 이 생(生)에서
붙잡고 매달려야 할 것 없음을 다시 일러주었다.
그물로 가두는 바람처럼
어떻게 허망하고
어째서 덧없는지를.
태산을 두고 한 맹세도
철석같은 언약과 다짐도
흐르는 물 위에 그리는 그림처럼
얼마나 부질없는 것인지를.

너를 보내는 저문 언덕 위에서
네 사랑을 다시 묻는다.
풀섶 이슬 같은 그 언약 이리 묻는 것은
다만 흐를 뿐인 이 순간에서
어째서 꽃은 저리 향기롭게 피어나고
새들은 어찌하여 그리 노래 부르는지
그 까닭을 다시 묻는 것이다.
덧없음으로 가벼운 내 존재를 실어
흐름 위에 다시 쓰는 내 언약과 다짐.
나는 다시 노래를 배우고
나는 다시 춤춘다.

루미에게

기쁨과 슬픔의 차이를 느끼는 한
가슴이 찢어지리라고 하신
당신의 그 말씀이 지금 제 가슴을 찢고 있습니다.
당신을 알고 난 뒤에도
변함없는 그 사랑 느낀 뒤에도
나는 기쁨과 슬픔 사이를 헤매고 있습니다.
당신은 우뚝하여 한결같지만
나는 작은 바람에도 흔들리는 여린 풀잎입니다.
장미와 가시가 같은 나무에서 자라는데
어찌하여 하나는 찌르고 하나는 향기 뿜는가 물으셨나요.
내가 아니라면 내쳤던 이가 바로 나였음을
저무는 이 가을에사 알았습니다.
입고 있는 몸에 그토록 매달리는 까닭이 무엇이냐 하셨지요.
이 몸 없이는 아직 당신께 다가가지 못하는 까닭입니다.
이 세상이 스쳐 지나가는 한 자락 꿈이고
이 몸 또한 어차피 벗어야 할 것이지만
지금 그리 서둘진 않겠습니다.
세상과 이 몸 또한 그분께서 주신 은총
지극정성 모셔야 할 나의 소중한 선물입니다.
무성하던 저 잎새 가을 저물면 그 뿌리로 돌아가듯
절로 이 몸 또한 그렇게 돌아갈 것입니다.
다만 그때가 오면
당신 향한 그리움,

그 고마움도 마저 놓고
살풋한 미소 한 자락만 담고 떠나겠습니다.
저녁에 돋은 별 아침이면 사라지듯.

무상(無常)을 위하여

환하게 피었던 꽃 처연히 지고
꽃 진 그 자리 봉긋이 열매 맺히는 것은
칭얼대며 보채던 아이가
다시 방실대며 웃는 것은
알에서 깨어난 그 어린 새가
어느새 힘차게 저리 하늘 솟구쳐 오르는 것은
이 모든 것이 무상하기 때문이다

속절없음으로 무너지던 자리
다시 딛고 일어서는 것도
떠나보내는 등 뒤에서
기다림의 노래 다시 부르는 것도
이 또한 무상하기 때문이다

만남과 이별이여
태어남과 돌아감이여
무상함으로 늘 새로움이여
나는 오늘 다시 태어나
온몸 설레며 네게로 간다
언제나 새롭게 피어나는 나의 신부여.

내 돌아갈 땐

때 되어 내 돌아갈 땐
눈부신 가을 볕살 속의 하얀 저 차꽃처럼
봄물 오르는 남녘 바닷가
그 붉은 동백꽃처럼
마지막 순간까지 온 심장으로 그리 피어 있다가
환한 그 웃음 머금은 채로
뚝 하고 한 생을 떨굴 수 있기를
끝닿은 벼랑 끝에서 성큼 한 발짝 더 내딛듯
매달렸던 손 훌쩍 놓아버리듯
내 돌아가는
그 마지막 순간은 그렇게.

외길에서

길 위에 섰다
떠나는 길인가
돌아오는 길인가

어둠 속에 있다
밤이 깊어가는 것인가
날이 새는 것인가

바람결에 들리는 향기
꽃이 피는가
지고 있는가

모두 한 길
삼배(三拜)한다
살아있음에 더 많은 감사를

부음을 기다리며

하늘 맑고
바람 푸르러
죽기에는 너무 좋은 날이라고 말했지

한 생을 지탱하느라
비틀거리며 디뎌 온 걸음마다
피땀 젖어 선연한 자국

차마 놓기엔 너무 많은 포한들
그래, 그냥 떠나기엔
오늘은 너무 좋은 날

한 번 더 환히 웃고
더듬어 그 손길 한 번 더 잡으며
사랑했다고
다시 한번 더 말해야 하는 날

언젠가 때 되어 나 떠나는 날은
하늘 더 푸르고
바람 더 맑은 날이기를

그리 눈부신 날은
그냥 머물기엔 너무 아쉬워

남은 미련 훌쩍 놓고
바람이듯 떠날 수 있기를

너의 부음이
언젠가 나의 부음이 될 그날은

홀연히 지는 꽃 앞에서

사나흘 봄볕 따라
길 나섰다 돌아온 자리
눈부시게 피었던 꽃들
홀연히 지고 없다
잠시였던 시간
바람 더불어 온 거친 비에
화사한 그 꽃 모두 다 떨어졌다
꽃이 핀다는 것은
지는 것이기도 하다는 것을
진즉에 그리 알았더라면
네 앞에 좀 더 오래도록 멈춰 서서
깊게 눈 맞추며
네가 피어 이 봄이 서럽도록 눈부시다는
그 말 전했을 것을
나 또한 그리 지고 있는 이 길에서
고맙다는 그 말 미루지 않았을 것을

3부

푸르게
깨어
있기를

한 생명 앞에,

한 존재 앞에 깨어 있다는 게 어떤 것인지

왜 당신 앞에 푸르게 깨어 있어야 하는지

비에 돋는

비를 본다
방울방울 떨어져 내리는
빗줄기를 본다
젖는 내 그리움을 본다

빗소리 듣는다
스스럼없이 다가와
내 그리움 깨우는
숨결 소리 듣는다

저리 내리는 것이
그리움인가
그리움이
소리로 저리 돋는 것인가

하늘과 땅
경계 무너진 자리에서
젖은 짐승 한 마리
온종일 앓고 있다.

이현(二絃)을 듣다

구월 초하루
아직 아침이다.
이현(二絃)을 듣는다.
현이 적어 울음이 깊은가.
나는 그 깊이를 감당할 수 없다.
햇빛을 찾아 나선다.
마침내 오늘 눈부신 볕살 아래서
미루어둔 향초(香草)를 벤다.
차마 날을 갈지 못하고 무딘 낫으로
남은 미련을 자른다.
피 냄새 같은 것일까.
침묵하던 향들 솟구쳐 올라
내 상흔(傷痕)들이 아리다.
너 자신도 벨 수 있느냐고 물은 것은 당신인가.
아직 가을이 멀었다고 나는 말하지만
이현(二絃)의 그 무게 이제 감당할 수 없다.
오늘, 이미 가을이다.

과녁

살을 들어 온몸을 떨며
그대를 쏜다.
시위를 떠난 화살은
허공처럼 뚫고 지나고
날아간 살이 꽂히는 건
다시 내 심장이다.
심장의 통증 갈수록 아리다.
언제쯤 이 상처 아물 수 있을까
움켜잡았던 활 내려놓고
두 손에 백기(白旗)를 들어
무릎 꿇을 날은 언제인가
오늘도 어찌할 수 없는 그리움으로
처연히 살을 들어
온몸을 떨며 그대를 쏜다.
덧난 심장의 상처로 온 밤을 앓는다.

다시 솟대를 세우며

오늘 다시 솟대를 세운다
내 사랑의 절실함을 잃었다

신성의 바다 바이칼을 굽어보는
신령한 짐승들의 땅
올혼의 언덕에 세웠던 솟대
그 솟대 다시 세운다

절로 무릎 꿇어 합장하던
성산 히말의 순례길 언덕에
앞발 높이 치켜들고 갈기 휘날리던 바람의 말
그 룽다 다시 매단다

살아있는 것들을 저토록 눈부시게 꽃 피우는 것이
혼신의 사랑이라면
내 사랑 어느새 절절함을 잃었다
오롯이 한마음 모은 그 한 번의 절조차 올리지 못했다

신령한 짐승들 사라져
땅의 기도는 하늘에 이르지 못하고
메마른 눈빛들 어디에 둘 곳을 모른다
다시 기도하는 법을 배워야 사랑을 꽃피울 수 있다면

뼛속까지 비치던 맑고 시린 물에
내 육신을 씻어 솟대 끝에 세우고
만년을 불어온 설산의 푸른 바람에
내 혼을 넣어 룽다의 깃발로 매단다

오늘 다시 솟대를 세운다
내 사랑의 절실함 일깨우는 나의 공양

기타를 읽다

천상의 노래, 기타를 읽다.
사람이 나고 죽음에 종속된 존재라 믿고 있을지라도
슬퍼해서는 안 된다.
살아있는 것들은 죽음을 피할 수 없고
죽은 자는 반드시 다시 태어나기 때문이니.

어젯밤 나는 죽었다.
죽은 나를 보았고
슬피 우는 당신을 보았다.
나는 당신에게 말했다.
내 사랑, 슬퍼하지 말아요.
나고 죽는 것은 피할 수 없는 일인데 어찌 슬퍼하나요.
슬피 우는 당신이 안타까워 말했지만
내 말은 당신에게 가닿지 못한 채 허공 속에 사라지고
나의 죽음은 서럽지 않은데
슬피 우는 당신이 서러워서 나는 울었다.

기타를 읽다.
존재하지 않는 것은 생겨날 수 없고
존재하는 것은 없어지지 않는다.
그런즉 죽는 것도 없고
죽임을 당하는 것도 없으니.

슬퍼하지 말아요. 내 사랑.
이것은 죽음이 아니요, 다만 모습을 달리하는 것일 뿐.
나의 위로는 당신에 가닿지 못하고
나는 따스했던 그 손을 잡을 수가 없다.

곁에 두고도 당신을 안아 위로할 수 없어
나는 울었다.
사랑이 깊어질수록 서러움 또한 깊어 간다.

기타를 읽다.
모든 것 속에서 자기를 보고
자기 속에서 모든 것을 보는 지혜에 안주하라.

내 사랑,
슬피 우는 당신 속에서
다시 살고자 하는 나를 본다.
되살아나는 나의 욕망, 나의 집착.
제대로 한 번만이라도 당신께 절을 올리고
한 번만이라도 제대로 한 잔의 차 따라 올릴 수 있다면,
다시 살아
단 한 번만이라도 온전히 당신을 안을 수 있다면,
사랑한다는 그 말 한마디,
고맙다는 그 말 한마디,

온몸으로 다시 말할 수 있다면
삼사라, 그 업의 바퀴 다시 돌려도 좋다.

오늘 아침 나는 다시 태어난다.
내 사랑,
당신의 슬픔이 멈출 때까지.
당신의 바퀴가 멈출 때까지.

그대 올 땐

그대 올 땐
내리는 빗속을 걸어
그 비 맞으며 오라.
젖은 저 땅처럼
내 가슴도 젖어
우리 젖은 가슴으로 만나리니

그대 올 땐
겨울바람 속을 걸어
그 바람 받으며 오라.
잎새 떨군 저 나무처럼
내 맨몸으로 서서
우리 시린 가슴으로 만나리니

그대 올 땐
눈부신 계절 속을 걸어
그 향에 취하며 오라.
하이얀 저 찔레처럼
온몸에 향기 품어
우리 아린 가슴으로 만나리니

천(千) 개의 강
가림 없이 저 달 비추듯
내 온몸 열어 그댈 품으려니.

가을 손길

억새꽃 하이얀 언덕에서
저무는 노을 바라볼 때
어깨 위에 놓이는 손길
가을인가
당신인가

박꽃 하얗게 눈부신 밤
하염없이 별을 쳐다볼 때
가만히 내미는 손길
가을인가
당신인가

구절초 환한 산굽이 돌아
지나온 길 아스라이 돌아볼 때
말없이 잡아주는 손길
가을인가
당신인가

꽃 멀미

네게 가는 길
환한 볕살 속
나는 어지럽다
그리움 푸른 물결로 밀려와
온 사방 출렁인다

가을과의 작별

남은 볕살 속을 걸어
네게로 간다
네게 가닿기 전엔 아직 나의 가을과 작별 인사를
나눈 게 아니므로
하얗게 핀 억새꽃 홀 씨처럼 흩날리고
향기 아리던 감국(甘菊) 노란 꽃잎을 지우는 언덕을 지나
그림자 짧아진 햇살을 쫓아 네게로 간다
갈잎 울창하던 숲길에는
벗은 가지들의 시린 발치를 잎새들의 이불로 덮고 있다
수십 번의 가을을 이리 맞고 보내면서도
여태껏 가을과의 작별 인사 한번 변변히 나눈 적이 없었다
가을의 마지막과 겨울의 첫 시작 그 경계를 알지 못하였으므로
여름 한복판에서부터 미리 앞당겨 가을을 앓으며
어느새 가을 다 가면 어쩌나 자꾸 저문 들녘만 서성거리다가
문득 겨울의 한복판에 서 있음을 발견하곤 하였다
하나의 문을 여는 것은 다른 하나의 문을 닫는 것이기도
하다는 것을
그러므로 나는 눈 소식을 애달프게 기다리면서도
차마 한 계절의 문을 닫지 못하였다
정수리에 시린 눈을 이고도 사계를 품은 저 히말의 설산처럼
가을이 저무는 그 끝자리에서
더 깊은 가을을 품은 너를 만나기까진
그렇게 저무는 가을을 마주 볼 수 없었다

드러난 것 가운데 다시 사라지지 않는 것 없으며
존재하는 것 가운데 그냥 사라지는 것 또한 없다는 것을
그러므로 내가 작별 인사를 하기 전엔
아직 나의 가을이 끝난 게 아니었음을 알아
저문 가을 한 줌 볕살 속을 걸어
내가 네게로 간다
네게 가닿기 전엔
아직 나의 가을이 다 가지 않았으므로.

저문 길에서

참으로 모든 것이 한순간이다
한 생이란 들숨과 날숨
그 한 호흡 사이에서 드러났다 사라지는
한바탕 몸짓이다
목숨 지닌 모든 것들이 찰나 간의 그 틈을 헤집고
그렇게 와서
또 그렇게 가는 것이다
생이 그토록 아련하고 아찔한 것은
찰나 간의 그 순간에
매달리고 움켜쥘 수 있는 것이 도무지 없음을
진작은 알지 못했던 까닭이다
꽃이 핀다는 것은
꽃이 진다는 것임을 그리 알았더라면
모든 순간이 마지막인 그 길에서
내 눈길 다만 네게 맞추고
내 몸짓 모두를 너를 향한 춤사위로만 오롯했을 것을
살아있는 것들의 눈을 깊이 볼수록
먹먹히 가슴이 메는 것은
그 모든 눈빛이
나를 향한 애틋함으로 젖어 있음을
저무는 길에서야 아는 까닭이다.

눈이 내렸으면

눈이 내렸으면.

하염없이 하얀 눈 내려
하늘과 땅 경계 잃었으면.

만상이 눈 속에 묻혔으면.
그 속에 나도 그리 묻혔으면.

내 그리움
내 애달픔 더 깊게 묻혔으면.

긴 동면의 계절을 지나
봄볕 따사로워 쌓인 눈 다 녹고
온 산천 연둣빛으로 눈부실 때
그때쯤에나 나 깨어났으면.

나 깨어났을 때에도
내 그리움과 애달픔 더 깊게 묻혀 있었으면.

첫눈 소식

하늘 빛깔이 다르다

오감(五感)이 팽팽하다
온몸으로 느끼는 낌새

누군가 오고 있다
당신이다

심장이 쿵쿵 뛰고
숨결이 가파르다

파도처럼 욕망이 일어
꿰맨 상처 다시 아리다

아직 길들이지 못한 짐승 한 마리
온종일을 서성인다

하늘 낮게 앉는다.

동짓달 나 떠날 수 있다면

때 되면 돌아갈 것입니다.

여기로 올 때 걱정하지 않았듯이
내 돌아갈 것 또한 걱정하지 않습니다.

여기 오게 한 그분께서
때 되면
내 갈 길 또한 이끄실 까닭입니다.

아직 그때가 언제인지는
모르겠습니다.

다만 그때,
나 돌아갈 달은
저리 바람 빛깔 맑은 십일월,
그 동짓달이었으면 좋겠습니다.

시월은 너무 화사하고
섣달인 십이월은 너무 적적합니다.
햇단풍 저리 곱고
들녘에 여문 곡식들 출렁이는 그 시월에는
내 떠나는 발걸음도
아쉬움으로 자꾸 뒤돌아볼 것 같습니다.

잎새 다 떨구고 남은 빈 가지 사이로
바람 소리 외로운 십이월은
남은 이들에게도 적적한 달입니다.
그 섣달에 떠나
나를 보내는 당신의 손을 시리게 하고 싶진 않습니다.

십일월에 나 떠날 수 있다면
절로 떨어지는 저 잎새처럼 내 미련도 그리 놓고
시리도록 푸른 그 바람 타고
내 혼(魂)도 환하게 떠날 수 있겠습니다.

동짓달에 그리 떠날 수 있다면
나 보낸 뒤 당신의 빈 가슴도
그 눈부신 햇살에 쉬 환해질 수 있을 까닭입니다.

내비게이션

낯선 길을 찾아가는 데는 내비만큼 유용한 게 없다
복잡한 거리를
오른쪽 왼쪽 하며 찾아가는 그 재주가 무척 신통하다
저것이 없었다면 길눈 어두운 내가
어찌 그리 찾아갈 수 있었을까
그렇게 용한 그 내비가
당신을 찾아가는 데는 별 소용이 없다
자꾸만 딴 곳으로 데려가기 일쑤이다
이 길은 내가 더 잘 안다고 내 아는 길로 가면
그리 가면 다시 되돌아온다고 하거나
목적지로부터 더 멀어진다고 우기기도 곧잘 한다
아무리 내비가 길 안내에 똑똑하다고 해도
길눈 어두운 내가 때로는
네비도 모르는 길을 알 수도 있는 거다
그렇게 내가 잘 안다고 믿는 그 길을
내비의 경고를 무시하고 달려가다가 문득 드는 한 생각
입력된 길만을 무조건 가리키는 한갓 기계인 저 내비처럼
나 또한 내게 입력된 그 내비의 길만 따라
달려가는 것이 아닐까
당신에게로 곧장 가는 더 빠른 길을 제쳐두고
내가 알고 있다는 그 길만 고집하며
자꾸 에돌고 있는 것은 아닐까.

여정

부음을 들었다
한 대의 촛불을 밝히고 향을 피우며
빈자리 마주 앉아 두 개의 잔에 차를 따른다
어디서 와서 어디로 가는가
머물러 있는 이 순간도 가고 있는 여정
모든 것이 다만 지나가는 것
온 곳을 기억한다면 가는 곳 또한 알 것을
기억,
무엇이 이 기억을 지우고 있는가
모든 길이 다만 나아가는 그 한길일 뿐
되짚어 온 자리조차 흐르는 것
고향 집 뜰 앞의 어렸던 살구나무
이 봄에 꽃그늘 온 마당에 드리웠다
언제쯤이면 저 꽃이 제 열매를 볼 수 있을까.

푸르게 깨어 있기를

푸르게 깨어 있기를,

미루다가 어쩔 수 없어 예초기를 든다
여름 그 타는 불볕에도 깊게 뿌리한 풀들이
집 안팎을 에워싸 어느새 무성한 숲을 이루었다
어차피 베어야 할 것들이긴 하지만
베지 않아야 할 것들이 그 속에 함께 있다
예초기를 매고 풀숲에 들며 만트라를 왼다
푸르게 깨어 있기를,
검을 익히고 싶은 때가 있었다
칼끝에 달린 생명의 무게로 푸르게 깨어 있고 싶었다
예초기 날은 너무 날카롭고
벨 것과 아닌 것들을 구분하는 내 생각보다
칼날은 너무 빨리 돌아가고
내 손길은 그 빠른 칼날을 따라가기엔 여태 서툴다
노란 꽃이 피어 있는 것을 보았는데
어느새 예초기 칼날이 그 꽃의 밑동을 잘라 놓았다
이건 베어야 할 것이 아니었다고
그제야 뒤늦은 생각이 따라온다
숨길을 모으고 예초기 칼날 끝을 주시하라고
그렇게 푸르게 깨어 있자고 다시 주문을 외우지만
길들여지지 않은 예초기 칼날은 쉽사리 내 손길을 벗어나
풀 속에 가려 있던 돌들에 부딪혀 칼날이 튀고

돌들이 튀어 정강이를 때린다
그때마다 미안하다는 말만 되풀이하다가
정작 내가 미안해야 하는 것은 돌에 망가지는 칼날인가
그 칼날에 맞아 튀어 오른 돌멩이인가
그 돌에 맞아 아픈 내 다리인가 묻는다
생각하면 칼날에게도, 돌멩이에게도, 다리에게도,
속절없이 베어지는 그 풀들에게도 모두 미안하다
그렇게 미안하다는 말만 하다가
베지 않아야 할 것들을 함께 베고 있다
이 여름 모진 가뭄을 견딘 뒤 다시 잎을 추스르는
그 어린 묘목도 자르고
가을을 기다리며 애써 꽃망울 매다는 국화도 자르고
아직 노란 꽃들 눈부신 수세미 덩굴도 자르고
오늘 미안하다는 그 말을 몇 번이나 했는가
그때마다 이렇게 잘린 것들이 몇 개인가 생각하는 그 찰나
내 의식이 놓친 칼끝은 수련을 심었던 항아리마저
깨어 놓았다
한 생명 앞에,
한 존재 앞에 깨어 있다는 게 어떤 것인지
왜 당신 앞에 푸르게 깨어 있어야 하는지를
깨어져 나간 항아리가
푸른 피 흘리며 잘려나간 여린 생명들이 다시 일깨운다

마지막 그 순간까지 푸르게 깨어 있기를.

칼에 베인

칼이 놓여 있다

칼은 고요히 있고
내 마음엔 작은 전율이 있다

가만히 놓인 칼에
움직이는 내 마음이 베였다

벤 적이 없는 저 칼날에
베인 이 마음은 무엇인가

칼은 이미 없는데
베인 상처는 선연하다

누가 이 마음을 베었는가.

갈 길

마주하는 세상의 모습이
밝고 편안해질 때까지

세상의 모든 당신이
고맙고 예뻐질 때까지

지켜보기(觀)

하나의 끝점이
새로운 시작의 그 처음이다

끝과 시작이
하나로 휘도는 거센 소용돌이
그 출렁임 속에서
당신을 본다
당신을 보는 나를 보고

안팎 동시(同視)
지켜보는 이를 지켜보는 자리
여여하다

고요한 중심
환한 미소.

먼저 고요하기를

마음 저 깊은 곳
그 바닥에 닿을 닻 하나 드리우자

큰바람 불어오거니
풍랑 더욱 거칠 거니

마음이 흔들리어
세상 따라 흔들리는 것이라면

앉은 이 자리
세상의 중심이라면

세상의 울음

한 아이가 운다
내 안에서 우는 아이는
내 바깥에서도 운다
우는 아일 달래려다 내가 따라 운다
우는 나를 달랠 수 없다
무엇으로 이 아일 달랠 것인가
누가 내 울음 그치게 할까
세상에 가득한 울음

지금은

지금은
그저 고마워할 때
곁에 있는 것만으로
내밀어 그 손 잡을 수 있는 것만으로도
더없이 고맙고
마냥 눈물겨워서 할 때

지금은
오직 사랑할 때
그 사랑 더 이상 미루지 않을 때
망설임 없이 달려가
주저함 놓고 사랑한다고 고백할 때

지금은
다만 가슴을 열어야 할 때
가림 없이 품어 안아야 할 때
마주 안은 가슴으로 눈물 훔치며
다시 환하게 웃어야 할 때

처음이듯
그리고 마지막인 듯
혼신으로
한사코 오롯할 때

한 물건

한 물건,
여기 한 존재라고도 하는 그런 물건이 있다.
온전하지 않다.
아직도 날카로운 모서리 남아 있고
빠지고 모자라는 부분 많다.
거칠고 원만하지 않아 다루기도 쉽지 않다.
이모저모 한참 손보고 다듬어야 할 게 있어
불쑥 내밀긴 여간 쑥스럽지 않은 한 물건
아직 갈 길이 남아
남은 길 이 물건과 함께 가야 하는데
짐승 한 마리 길들이듯
그 길 가면서 이 물건 또한 그리 다루어야 한다고들 하지만
그러나 내가 가진 이 물건
잘 다루어야 할 게 아니라
어루만지고 잘 돌보아야 할 물건이다.
여기 잘 다루어야 할 내가 있는 게 아니라
남은 길 잘 돌보며 함께 가야 할 내가 있는 까닭이다.

한 사람

삼월의 초, 한낮 볕살 가운데 섰다
아직 겨울과 봄 사이
먼저 핀 매화
간밤 추위로 파랗게 얼었다가
이 볕살 속
얼었던 꽃망울 다시 추스르는데
나는 지금 한 사람을 생각한다
세계는 한 사람으로부터 비롯되고
마침내 그 한 사람에게서 끝난다
한 사람이 곧 세계이고 그 전부인
그 밖에 따로 존재할 길 없는
그 밖의 사람과 세계를
나는 가늠할 수 없다

늦은 안부를 묻네

잘 지내시는가
나도 잘 지내고 있네

차나무 햇순을 따던 때가 엊그제 같은데
어느새 찬 이슬 내리고
하얗게 피었던 그 찻꽃도 다 지고 있네

매양 하릴없이 지내면서도
매번 안부조차 이리 늦었네

어찌 지내시나
별일은 없고?

살아갈수록 산다는 게
살아있다는 게
참 놀랍고 대단하다는 걸 새삼 깨닫고 있네
누군가는 절로 산다고 하지만
세상에 절로인 것이 어디 있겠나

절로 숨 쉰다는 것조차도
세포와 조직과 기관들의 쉼 없는 움직임이 있어야 하는 것을
어찌 그뿐일까
저 나무와 태양과 구름과 바람과 비와 흙과

온 우주 그 천지 만물의 부단한 움직임과 상호 작용이
함께 있어야 하는 것이니
하물며 매 끼니 다른 생명을 밥으로 받아 모시며
이리 살아있다는 게
그 얼마나 놀랍고 대단한가

돌아보면 무슨 대단한 일을 해 온 것도 아니면서
무엇 때문에 그리 쫓기듯이 사느라고
정작 살아있다는 것에 제대로 고마워하지도
이리 살아있음을 오롯이 즐기지도 못했네

살아있어
늦게나마 이리 안부 전할 수 있어 고맙네
살아있는 동안은
종종 살아있다는 그 소식이라도 함께 나누세
살아있음을 더 많이 기뻐하고
그리 살아있게 한 그 모든 인연들에게 더 깊게 감사드리세

날씨의 변화가 심한 때이네
무엇보다 몸을 잘 챙기고 돌보시게
이번 생은 그 몸과 함께 가는 것
그 몸 없이는 이번 생의 그 사랑도 없다네

몸이 곧 자연이고 드러난 신성이네
몸을 모시고 돌보는 것이 예배인 까닭이 이것일세
마지막 날까지 잘 대하고 잘 돌보시게

구절초도 시들고 있는 걸 보니
머지않아 첫눈 소식 들리겠군
첫눈보다 먼저 안부 전할 수 있어 고맙네
어디서건 감사와 기쁨이 늘 함께하시길 마음 모으네

누구인가

꽃을 피우게 하고 지게 하는 것은
새벽이면 닭을 울게 하고
팔월 불볕 아래 매미를 저토록 절규하게 하는 것은
허공에 거미의 집을 짓게 하고
모기 주둥이에 침을 달게 한 것은

지는 노을에 한숨짓게 하고
이슬 맺힌 꽃 앞에서 미소 짓게 하는 것은

숨 쉬는 모든 목숨붙이들 속에도
쉼 없이 출렁이는 파도 속에도
밤마다 반짝이는 별 떨기 속에도
깃들어 있는

그 떨림 같은 것
그 숨결 같은 것
그 속삭임 같은 것

번지점프를 하고 싶다

번지점프를 하고 싶다
시퍼렇게 흐르는 강을 굽어보며
한 가닥 줄에 몸을 묶고
번지점프를 한다면
신뢰한다는 것이 어떤 것인지를
허공에 몸을 던지면서
믿고 내맡긴다는 게 어떤 것인지를
몸을 던진다는 게
막다른 벼랑 그 끝자락에서 한 발짝 성큼 더 내디딘다는 게
이 육신을 갖고 산다는 게
육신의 무게로 떨어져 내린다는 게
푸른 하늘 아래 이리 다시 살아있다는 게
어떤 것인지를
몸으로,
허공중에 매달린 그 몸으로 알 수 있을 것이라 싶다
남은 날들을
그렇게 생생히 사랑할 수 있을 것이라 싶다

백수의 꿈

일이 삶의 목적이 아님을 안다
일하기 위해 태어난 것이 아니라는 것을
존재란 그대로 여여한 것이므로
애써 무엇을 이루려 하지 않는다
매 순간을 다만 감사하고 즐길 뿐
반드시 해야 한다거나
하지 않아야 한다는 것 또한 없다
때로는 바라는 것도 있고
이를 위해 기도하기도 하지만
반드시 이루어져야 한다고 매달리지는 않는다
무엇보다 이리 살아있음을 먼저 감사하고
존재 그 자체를 즐긴다
삶을 기쁨에 두는 것
언제나 기쁨에 머무는 것
그것이 삶의 만트라다
하는 일 없이 바쁘기도 하지만
그것으로 여유를 잃지는 않는다
바쁘다는 것은 왕성한 호기심
설렘으로 이 또한 즐길 따름이다
소유하는 것이 소유 당하는 것임을 알기에
가진 것이 없지만 성긴 그물을 스치는 바람처럼 여유롭다
덧붙여 꾸미지 않음으로써 가려졌던 아름다움이
환히 드러나게 한다

세상이 더 갖기 위해 정신없이 내닫을 때도
느리게 걸으면서 길섶에 핀 들꽃에 오래도록 눈 맞추거나
때로는 돌아서서 걷는 것도 멋진 여정임을 안다
귀 기울여 듣는 것은 세상의 평판이 아니라 가슴의 울림
언제나 겸손하지만 어디서나 당당하다
끼니를 구하기 위해 존재를 저당 잡히지는 않는다
세 끼면 황송하고 두 끼면 넉넉하고
한 끼라도 족하다
달랑 숟가락 하나만 들고 남의 잔칫상에 가 앉더라도
감사하고 즐기며 마음 모아 축복한다
삶이란 한 바퀴의 순례
또는 무대 위를 뛰노는 한마당 연극 같은 것
멋진 경험하기거나 신명 나게 즐기기일 뿐
매 순간을 활짝 가슴 열어 환하게 미소 짓기
쓸모없음이 쓸모인,
그리하여 모든 이들이 백수인 세상
그것이 꿈꾸는 세상이다
마침내 백수가 세상을 구하리라.

비상(飛翔)을 위하여

하늘은 비상하는 것들의 몫

비상의 첫걸음은
날아오르는 게 아니다

아래로 떨어져 내리는 거다
온몸으로 땅과 부딪히며
먼저 깨어지는 거다

떨어져 내리는 그 순간에 만난
잠깐의 그 하늘을 기억하며
몸뚱이의 무게 스스로 가벼울 때까지
다시 온몸 던지는 거다

새 하늘을 열었던 이들이 모두
아래로 내려왔다가
다시 위로 올랐던 까닭이 이것이다

그러므로 날아오르기 위해선
지금 그 자리에서 먼저 뛰어내려야 한다

모두 놓고 온몸으로
더 아래 더 낮은 곳으로

남은 날을 위한 기도

사랑이신 이여,
제가 보는 모든 것에서 당신의 사랑과 축복을 보게 하소서
저를 향한 삿대질에서도 당신의 그 사랑을 읽고 감사하게
하소서

제가 듣는 모든 것에서 당신의 사랑과 축복을 듣게 하소서.
저를 향한 비난 속에서도 당신의 그 음성을 듣고 감사하게
하소서

제가 대하는 모든 것에서 당신의 사랑과 축복을 느끼게
하소서
저를 향한 돌팔매질 속에서도 당신의 그 손길을 느끼고
감사하게 하소서.

사랑이신 이여,
아직은 분별과 간택에 붙잡혀
날마다 생각으로, 말로, 행위로 짓는 허물이 커서
참회와 용서를 청하지 않을 수 없으나
제게 남은 날들의 마지막 기도는
고맙습니다.
사랑합니다.
이 두 마디뿐이게 하소서.
사랑이신 이여,

그리하여 지난 삶에서 제가 기억했던 그 숱한 말들을
다 잊게 하시고
다만 고맙고 사랑한다는 그 말만을 기억하게 하소서.

사랑이신 이여,
제게 남은 날들이
제가 보는 모든 것을 통하여
제가 듣는 모든 것을 통하여
제가 만나는 모든 존재들을 통하여
저도 당신의 그 옹근 사랑과 축복을
함께 나누는 자이게 하소서.

사랑이신 이여,
저를 빚으시고 제 안에 계시며
저를 통해 드러나시는 이여.
고맙습니다.
사랑합니다.

4부

당신이라는
이름

그러므로 당신이라고 부르는 것은

이 지상의 오직 그 한 사람의 이름을 부르는 것이며

모든 그리운 이들의 이름을 또한 그리 부르는 것이다

화두를 들다

당신,

들숨에 당신
날숨에 당신

미안하고 고맙고

들숨에 미안한 당신
날숨에 고마운 당신

오매일여(寤寐一如)
환한 아픔

내 사랑을 부른다

내 사랑아, 어디 있느냐
나는 끊임없이 새로 태어나고
그리고 매 순간 죽고 있다
나는 태초의 사람
그 남자이고 여자
그리고 맨 마지막 사람
그 여자 또는 그 남자이다
내 생애는 길지도
그렇게 짧지도 않았다
내 모든 시간이 한 사랑에 적합한 그 시간이었다
내가 달려갈 때마다
너는 늘 거기에 있었고
그렇게 우리는 한 번도 헤어진 적도
따로인 적도 없었으므로
이번 생애의 길이는 언제나 그리 맞춤한 것이었다
그럼에도 늘 허기졌다고 생각했던 것은 무엇 때문이었을까
내 사랑아,
연어가 제 모천(母川)으로 돌아오고
철새들이 떠나왔던 그 자리로 다시 돌아가는 것처럼
떠나온 적 없는 그 자리를
다시 돌아가기 위해선
서로를 바라볼 거리가 필요했을지도 모른다
지나간 그 모든 것들은 다 내가 지어내었던 것들

그러므로 너무 서러워했거나
지나치게 애달파 했던 것들 또한
너의 이름으로 내가 그리했던 것이었음을
내가 보는 세상이 모두 너로 가득한 것처럼
너를 사랑한 것은 결국 나를 사랑한 것이었다
나를 비추어 너를 보는 이 생에선
나 밖에는 달리 다른 누가 없었기 때문이다
이제 너의 이름으로 다시 나를 부른다
내 사랑아, 지금 나는 어디 있느냐

당신이라는 이름

그러므로 당신이라고 부르는 것은
이 지상의 오직 그 한 사람의 이름을 부르는 것이며
모든 그리운 이들의 이름을 또한 그리 부르는 것이다
드러나 보이는 당신과
드러나지 않는 그 모든 당신들을 함께 부르는 것이다
피어나는 것들과 저무는 것들
촉촉이 가슴 젖게 하는 것들과 환하게 웃음 짓게 하는 것들
어둠별과 새벽별을 한 이름으로 품는 것이다
그러므로 당신이란 이름은 고유명사
알파벳의 대문자로 표시하거나
고딕체로 적어야 할
또는 그 단어 위에 방점을 찍어
다른 일반명사들과는 구분되게 적어야 할 존재의 명사이다
그러므로 당신이라고 소리 내어 부르는 것은
신성의 만트라,
모든 간절한 것들의 이름으로 부르는 오랜 주문이며
여기 내 가난한 우주를 당신으로 따스하게 채우는 것이다
그러므로 당신이란 이름은
그 앞에서 옷깃 여미고 무릎 꿇어 삼배 올리거나
설레임 가득 다가가
뜨거운 가슴으로 품어 안을 내 사랑의 이름이다
그 목메임이다.

당신이 있어

여기 그리워하는 내가 있는 것은
거기 그리운 당신이 있는 까닭입니다.
당신이 있어 내가 있으니
당신이 나를 낳았습니다.

여태껏 내가 있어 당신이 있는 줄 알았지요.
당신이 나임을
천지간에 모든 당신이 곧 나임을
나밖에 따로 누가 없다는 걸 늦게 사 알았지요.

지금 내가 웃는 것은
그리 당신이 웃는 까닭이요
여기서 내가 아픈 까닭은
어딘가에서 당신이 그리 앓기 때문입니다.

잎 지는 소리에 귀 기울이고
싹 트는 것들을 다시 눈여겨보는 것은
거기에 그렇게 당신이 있기 때문입니다.

바람이 꽃을 흔들어
당신의 향기가 내게 닿습니다.
고갯마루에 서서 당신의 오랜 노래를 듣습니다.

섬들이 물 아래로 이어져 있듯
서로가 서로를 보듬고 있으니
머물 때나 가고 올 때에도
따로 떨어져 있지 않음을 알겠습니다.

고맙고 고맙습니다.
천지간에 오롯한 당신이 있어
여기에 이리 내가 있습니다.

그 이름으로 부를 때

내가 그 이름으로 당신을 부를 때
이 지상에서 오직 한 존재인
나의 당신을 내 그리 부르는 것이다.

어느 누구의
그 무엇의 그 무엇도 아닌
세상에서 덧붙여진 그 모든 이름 놓고
당신의 존재 그대로의 당신을
내게 덧붙여진 모든 이름 다 놓고
내가 당신을 그리 부르는 것이다.

나의 연인아,
내 눈을 보아라.
내 심장을 듣고 내 혼을 만져라.

내가 그 이름으로 당신을 부를 때
당신은 무구한 나의 처녀,
언제나 향기로운 나의 신부.

별이 뜨고 별이 질 때
꽃이 피고 꽃이 질 때

내 눈은 당신의 눈을 찾고
내 손은 당신의 손을 그리며
내 심장은 당신의 심장을 부른다.

내가 그 이름으로 당신을 부를 때
나의 신부여,
남은 길 서로 배우며 한길 걷는
당신은 나의 도반

내가 그 이름으로 당신을 부를 때
나의 연인아,
그 길에서 어깨 서로 기대며 오누이 되어
이 강을 마저 건너는 것이다.

내가 그 이름으로 당신을 부를 때
이 생에서
내 마지막 이름을
내가 그리 목메어 부르는 것이다.

내가 그 이름으로 당신을 부를 때

독서(讀書)

한 권의 책이 내게로 왔다.
나는 다른 모든 책을 놓았다.

은밀히 전해진 한 권의 책,
숨겨진 언어로 기록된
새롭고 오랜 이야기들
나는 눈을 감고
잠자던 내 모든 감각을 일깨워
온몸으로 읽는다.
책 속에서 들리는 노래,
숨결, 향기,
이야기 속 피어나는 꽃
저녁노을,
어둔 별, 아침이슬, 눈물방울 그리고 햇살 한 줌.
열매가 씨앗이 되고
씨앗에서 다시 열매가 맺힌다.
이야기는 날마다 새로 태어나고
나는 그 처음을 알지 못하듯
그 마지막 또한 알지 못한다.
나비는
책갈피 사이를 날고 있다.
나는 책장을 덮지 못한다.
이 지상에서 내가 읽는

마지막 한 권의 책.

당신

움직이는 사원(寺院)

내 마지막 숨을 몰아쉴 곳
꾸에렌시아(querencia)
내 심장을 당신의 가슴에 묻은 뒤로
당신은 나의 기도처가 되었다
한 점의 극점만을 가리키는
나침반처럼
언제나 당신이 있는 곳에
내 머리를 두었다
그러나 당신은 움직이는 사원이었으므로
내 나침반은 당신이 있는 곳을 향하기 위해
애타게 흔들리기도 했다
그리하여 어느새 버릇된 한숨과
의미 모를 중얼거림이 때론 절실한 기도가 되었다
내 기쁨의 근원이 당신인 것처럼
그렇게 내 슬픔과 고통도 당신에게서 비롯하였다
밤새 내리던 비 그치고
환히 개인 청량한 아침이나
선홍빛으로 처연한 저녁노을을 볼 때
내 심장이 있었던 그 빈자리가 유난히 아파왔다
그렇게 빈 심장을 앓으면서
내 심장을 묻은 당신의 가슴 또한 그리 앓고 있다는 것을
지독한 그 아픔으로 고요히 있질 못하여
쉼 없이 움직이며 그 아픔을 달래는 것인 줄을
당신이 움직이는 사원일 수밖에 없는 그 까닭을.

바로 당신 때문

봄비 이리 내리는 것은
간절히 이 비를 기다리던 그 사람 때문이다.
비 갠 아침이 이리 상큼한 것은
이 아침에 그렇게 미소 짓던 그 사람 때문이다.
햇살이 이토록 눈부신 것은
그 사람 이 햇살 아래 춤추고 싶었기 때문이다.
바람이 일어 꽃잎이 저리 날리는 것은
떨어지는 꽃잎 아래 눈물짓는 그 사람 때문이다.
밤하늘 별이 저리 반짝이는 것은
별을 헤며 노래하던 그 사람 때문이다.
기울었던 달 다시 차오르는 것은
절망 속에서 희망을 건지는 그 사람 때문이다.
내가 이렇게 빙그레 웃음 짓는 것은
그 사람이 누군지 알기 때문이다.
아무것도 모르는 채 시침 뚝 따며
놀라워라, 놀라워라.
온몸으로 경탄하는 사람,
바로 당신 때문이다.

우주의 중심

푸른 오월이
장미를 저리 붉게 꽃 피웠고
일 년의 열한 달들이
푸른 오월 저리 빚었네요.

장미꽃 앞에서
환한 당신

우주(宇宙)의 중심.

그렇다. 우리 사랑은

당신은 내가 사랑하기까지의
그 당신이 아니다.

내가 당신을 사랑하기 전의 그 나 아니듯
봄볕이 새싹을 움 틔우고
여린 가지 끝에서
저토록 눈부시게 꽃 피어나게 하였다.

사랑은
가슴 깊이 묻혀 있던 씨앗을 싹틔우고
마침내 활짝 꽃으로 피어나게 하는 것이다.

그렇다. 내 사랑은
당신을 꽃으로 바라보는 것이다
그 사랑으로
당신이 이미 꽃이었음을 알아
그렇게 스스로 피어나게 하는 것이다.
당신의 피어남을 보았으니 나 또한
그렇게 피어나는 것이다.

사랑은 그렇다.
서로를 꽃이 되게 하는 것이다.
세상은 이미 꽃피기 전의 세상이 아니고
우리는 이미 사랑하기 전의 우리가 아니다.

예의

모진 겨울 추위를 온몸으로 견뎌낸 뒤에
마침내 눈부신 봄으로 피어난
그 꽃들과 연둣빛 새 잎새들 앞에서
나는 잠시 눈길만 보내다가 스쳐 지나기 일쑤였다
눈부시게 피어난 그 아름다움을 감탄했지만
꽃과 연초록 그 이파리가 그렇게 피어나기까지
얼마나 애써 왔는지를
어떻게 긴 밤 그 모진 추위를 맨몸으로 견뎌왔는지는
묻지 않았다
그것은 생명에 대한,
존재에 대한 예의가 아니었다
온몸으로 이 봄을 피어낸 그 풀들과 나무 앞에서
고맙다는 그 말조차 마음 모아 하지 못한 것은
그러므로 그것은 살아있는 자의 가짐이 아니었다
고마워할 줄 모르는 그 가슴으로
무엇을 사랑하고 노래할 수 있을까
어느새 봄 저물어
온 사방 꽃잎 속절없이 날리는 날
그제사 스스로의 무례가 부끄러워
혼신의 공양으로 봄을 꽃피어내는 저 여린 생명 앞에
발길 오래 멈춰 서서 두 손 모은다
미안하고 고맙다고
당신이 있어 이 봄이 있다고.

환한 꽃

여기
한 송이 꽃 피어
충만한 우주

지금 그 자리
환한 꽃
당신

속삭임

어둑새벽 머리맡에 날아와 하루를 깨우는
새소리에서
간밤에 내린 비로 불어난
개울 물소리에서
우두둑 연잎에 돋는
빗소리에서
저무는 가을밤을 밝히는
풀벌레 소리에서
찬바람 따라 서걱대는
마른 잎 구르는 소리에서
캄캄한 먹구름 찢고 울리는
우렛소리에서
귀에 와 닿는 세상의 그 모든 소리에서
오롯하게 들리는 건
더운 가슴으로 전하는
당신의 속삭임.

하늘 창(窓)

꽃을 피우는 것은
하늘의 창(窓)을 여는 것이다

한 송이 꽃이 필 때마다
하늘로 향한 창 하나씩 열린다

별들이 피어나
밤하늘에 꽃등을 매어다는 것처럼

꽃들이 피어나
하늘의 창을 활짝 여는 것이다

네가 피어나고
내가 피어나면

온 세상이
그래 환해지는 것이다.

별 같은

우리 곁에는 별 같은 이들이 산다
빛을 감추고 함께 어울려 있어
쉬 드러나진 않지만
때로는 스쳐 지나며 문득 마주친 그 눈빛에서
또는 누군가를 향한 살폿한 미소에서
외로운 이를 위한 낮은 목소리의 노래 속에서
오른손 모르게 내밀어 가만히 잡아주는 따스한 손길에서
길섶 들꽃 앞에 쪼그려 앉아 놀라워라 하는 감탄 속에서
잠시 머물다 간 자리에도
오래 남은 맑은 향기 속에서
한순간 별똥별처럼 환히 빛나는 이들을 본다
비 내리는 밤에도
어둠 그 위로 초롱하게 빛나는 별들이 있어
이승의 고단한 몸 깊게 잠들 수 있는 것처럼
감추어진 모습 속에서도
빛나는 별과 같은 이들이 우리 곁에 있어
날마다 저녁노을이 그토록 가슴 젖게 하는 걸까
내 곁의 지금 이 사람이
별 같은 그 이일지도 몰라
어쩌면 우리 모두 별의 사람들이 아닐까
그래서 우리가 깃든 이 땅을
초록별이라고 부르는 것일지도

먼저 가슴 열어

푸른 새벽
하얀 사발에 담아 올린 정화수
퍼져가는 잔물결을 본다

모두가 탈 없이 잘 지내기를
참으로 행복하기를

내쉰 내 숨을 당신이 들이쉰다
우리는 서로에게로 이어진 한 물결
만물이 한 숨길 속에 출렁인다

선 자리가 중심
물결은 이 자리에서 일어나고
다시 이 자리로 밀려온다

서로가 서로를 품어
어느 것 하나 외따로 일 수 없는 이 물결 속에서
가는 것이 오는 것이다

본시 한목숨
내가 먼저 가슴 열어
당신을 안는다.

향(香)을 듣다

꽃을 지나온 바람이
풍경을 울리네.

풍경소리에서
꽃향기 들리네.

온몸을 귀로 연 사람이
항아리 속에 남김없이 담고 있네.

생의 여정

어제가 전생
그리고 내일이 내생

내 전생과 내생
걸어온 길 돌아보면 아련하고
걸어갈 길 바라보면 막연하다

모든 강이 바다에 닿아 있듯
모든 생이 다른 생에 이어져 있다

마르지 않는 샘과
멈추지 않는 강

마른 강에도 엎드려 귀를 대면
숨죽여 흐르는 소리 들린다

생의 순환선에서
가는 것이 오는 것

서둘지만 않는다면
언제나 넉넉한 시간이다

모든 자리가 시원
걸어온 그 길에서
당신이 바라본 그 꽃 나도 보았다

이 아침 한 송이 꽃을 들어
당신에게 삼배한다

환한 미소 피어나는 자리
강물 소리 청량하고
온 사방이 눈부시다

전생에

떨어진 단추를 매달거나
찢어진 모기장을 꿰매거나
망가진 우산대를 고치거나
헤어진 것을 그리 다시 손질을 하는 순간엔
그런 일들이 능숙하진 않지만
마음이 저절로 편안하다
전생에 나는 신기료장수였을지도 몰라
오늘도 뒤꿈치 헤어진 당신의 구두를 접착제로 붙이면서
아득해지는 것은
그리 오래되지 않은 지난 생의 한때
그때도 당신의 신을 기웠을지 모른다는 느낌 때문일까
내게 맡겨진 작고 앙증맞은 가죽신 한 켤레
어쩌면 그 신발의 주인을 사뭇 그려왔을지도 모르지
우리는 먼발치에서나마 서로 눈이 마주친 적이 있을까
내가 자꾸 당신의 눈을 깊게 바라보는 것은
그때 당신의 눈을 기억하고 싶기 때문일까.

몸을 가진 내가

몸을 가진 내가
마냥 몸 너머 타령만 일삼다가
정작 몸으로 사는 법
제대로 아는 게 하나도 없네
이번 생은 이 몸과 함께 가는데

이 몸 없이는
당신의 따스한 그 손
잡아 줄 수가 없는 데

내가 내 이름을 말하는 것은

내가 당신에게
나는 '여류요.' 하고 말하는 것은
흐르는 물이라는 나름의 내 정체성을 밝히는 것인데
그것은 당신이 나를 그리 알아주었으면 하는 마음이기도
나는 아직 흐르는 물이 되지 못했다는 고백이기도 한 것이다
이미 그렇게 흐르는 물이라면
굳이 그리 말하지 않아도
당신이 뻔히 알 까닭이다
그러므로 내가 당신에게 하는 이 고백은
내가 흐르는 물이 될 수 있도록
당신이 이끌어달라는
그런 당부이기도 한 것이다
또한 이 고백은 내가 나를 일깨우는 주문이기도 한 것인데
내가 당신에게 '여류요.' 하는 그 순간
아하, 나는 여류, 그 흐르는 물이구나 하고
누군지를 잊고 있던 내 정체성을 화들짝 깨달아
보이는 것들만 붙잡고 매달리는
고인 물로 머물던 나를
다시 놓고 흐르게 하는 것이기도 하다
그런 까닭에 당신을 볼 때마다
매번 나는 '여류요.' 하고
내가 나를 그리 부르는 것인데
정작은 지금 이 물이 자꾸만

당신에게로 흐르고 있다는 것을
내심 그리 고백하는 것이다
나는 당신에게로 흐르는 물이라고

이번 생에

이번 생에
여기에 몸으로 온 까닭을 생각한다
이 눈으로 다정하게 바라보고
떨리는 목소리로 사랑한다 그리 말하고
두 팔로 당신을 안는다
부드러운 말과 거친 말
품어 안는 것과 내치는 것
가슴을 여는 것과 닫는 것이 어떻게 다른 것인지를 배우고
사랑하기와 두려워하는 것 가운데서
어떤 것을 선택할 것인지를 결정한다
내가 피어나는 것이
당신을 꽃 피어나게 하는 것임을
내가 당신에게로 가는 한 걸음이
당신이 내게로 오는 그 한걸음이라는 것을
촉촉한 가슴 들어 우러러보는 하늘
마주 보는 별들의 시선 따뜻하다

훗날에

모든 것이 흐르듯
우리 사랑도 흘러
당신에 대한 내 설레임 사라지고
당신을 사랑했던 내 몸조차 사라진 뒤에도
해마다 다시 봄 오고
그 봄을 여는 매화 저리 꽃 피면
매화나무 아래에서 매화꽃 헤던,
그 당신을 그리던 나 또한 거기 있으리니.
봄날 종일을 온몸 열어 매화 향(香) 듣던
내 사랑도 함께 피어 있으리라.
겨울을 지나 봄 오듯
훗날 내 오랜 사랑은.

번지점프를 하다 1

점프대 끝 난간에 섰다
오래전부터 깨어 있는 의식으로
허공중에서 내 육신의 무게를 느끼고 싶었다
이 육신으로 산다는 것이 무엇인지
믿고 의지한다는 게 무엇인지를
온몸을 던져 느끼고 싶었다
깊게 숨을 들이쉬며 몸을 앞으로 내던지려는 그 순간
무언가 가슴에 걸려 있던 한마디 말이 나를 붙잡았다
일흔,
절로 이른 이번 생의 나이에
새삼 놓지 못할 미련을 무엇일까
제대로 한번 온몸 던져 살아온 적이 있었는가
사·랑·한·다
이번 생에 남기고 싶은 내 마지막 그 말 한마디를
소리 내어 외치고
두 팔을 활짝 벌려 허공을 딛는다
남은 날들은
온몸으로 걸림 없이 그리 사랑할 수 있기를
내 마지막 걸음까지 그렇게

바람이 불어오면

바람이 불어오면 바람이 되기를
나무를 만나면 나무가 되기를
사랑을 만나면 사랑이 되기를

빈 거울처럼
흐르는 물처럼

그냥

그냥 웃는 것이다
따지지 않고
셈하지 않고
그냥 가만히 미소 지어보는 것이다
빙그레 웃으며
가슴이 따스해지는 걸 그리 느껴보는 것이다
따스해진 가슴에게
그 가슴을 지닌 한 존재에게
고맙다고 그냥 말해보는 것이다
살아있음에 대해
그리 고마워할 수 있음에 대해
그런 다음 절로 촉촉해진 눈을 들어
눈길 가닿는 것마다 고맙다고 말해보는 것이다
이 모든 것이 있어
지금 여기 한 존재가 이리 살아있는 것이라고
한 존재가 있어
경험하는 한 세상이 또한 있는 것이라면
그 존재를 살아있게 하는 이 세상
얼마나 고맙고 눈부신가
손길이 스치는 것마다
발길이 머무는 것마다
고마움 가득 담아 그 모두가
그저 잘 되기를

그냥 행복하기를 축복하는 것이다
구분 없이 비추는 저 햇살처럼
가림 없이 품어 안는 저 바다처럼
나날을 그저 고맙고 기쁘게
나와 세상을
그냥 미소 한 자락으로 품어 안는 것이다

그 너머

보이는 것 너머
들리는 것 너머
경험하고 인식하는 것 너머
거기에서 피는 꽃과
지는 별들을 생각한다
너는 만져지지도
느껴지지도 않는데도
언제나 함께 있다고 말했지
이것과 저것 사이로 오가는 길은 무엇인가
이 순간의 삶을 더 깊게 사랑하는 것이
저 너머에 핀 그 꽃의 향기 즐길 수 있는 걸까
언제쯤 나도
보이지 않아도 느껴지는 네 사랑
오롯할 수 있을까

지상에서 돋는 별

그대가 별에서 왔다는 걸 안 뒤로
밤마다 그 별 찾느라 눈멀어
곁에 두고도
그대가 그 별임을 미처 알지 못했다
별을 이끄는 그 힘이
그대와 우리를 그리 이끈다는 그 말 듣고도
그대처럼 우리 또한 그런 별들임을
여태 몰랐다
밤하늘별들 다 진 뒤에도
아침이면 이리 눈부신 것은
그대와 우리
지상에서 그리 별들로 돋는 까닭임을

사이에서 피는 꽃

빛과 그늘 사이
생시와 꿈 사이
피는 것과 지는 것 사이
붙잡음과 놓아버림의 사이
태어남과 돌아감 사이
웃음과 눈물 사이
들숨과 날숨 사이

젖은 가슴으로 피는
환한 꽃

남은 날은

내 돌아갈 날이 언제인지
어떻게 떠날 것인지
더이상 묻지 않을 것이다
그냥 맡기고
때 되면 절로 그리 따를 것이다
환하게 피었다가
미련 없이 지는 저 꽃들처럼

내 남은 날들은 다만
감사할 수 있음을 감사하고
사랑할 수 있음을 사랑할 것이다
노래할 수 있을 때 노래하고
춤추고 싶을 때 춤출 것이다
바람이 불어오면
절로 울리는 저 풍경처럼

범아일여(梵我一如)의 사랑노래
– 이병철 시집 『그 이름으로 부를 때』

이혜선 _ 시인, 문학평론가

1.

여류(如流) 이병철 선생은 내 고향 함안에 사는 분이다. 경남 함안군 산인면 입곡리 숲안마을은 선생이 거처하는 곳의 주소이다. 그곳 산인면은 내 고향 대산면과는 이웃해 있는 면으로, 입곡은 우리 재령이씨 선조들이 대대로 거주하시던 집성촌이라서 필자가 스무 살 무렵에 선친을 따라서 사당에서 모시는 시제(時祭)에 참사(參祀)한 적이 있는 곳이다. 젊은 사람이 조상 일에 관심 가진다고 도복을 갖춰 입으신 집안 어른들께서 퍽 많이 예뻐해 주시던 기억 속에 따뜻하게 돌아 보이는 시간과 장소이다.

여류 선생은 지도에서 '숲안마을'이라는 이름을 보고 본인이 살고 싶은 곳으로 정하여 마침내 그곳에 안착하여 텃밭을 가꾸며 살고 있다고, 어느 글에선가 읽은 적이 있다. 내가 여류 선생을 처음 만난 것은 2019년 가을, '문학의 집 서울'에서 열린 녹색문학상 시상식에서였다. 선생이 그해 녹색문학상 수상자로 선정되어 축하하는 자리에서 만난 것이다. 내가 떠나온 내 고향에, 본인의 고향도 아닌데 굳이 들어가서 귀한 생명 살리기를 하며 사는 분을 만났으니 반갑

기도 하고 고맙기도 하여 특별한 인연에 감사하면서 띄엄띄엄 연락이 닿았다.

그 뒤에 선생이 보내준 시집 『신령한 짐승을 위하여』를 읽고 깜짝 놀랐다. 신령한 짐승이라니, 인간이 닿아야 할 꼭짓점이 아닌가. 몸을 지니고 있는 인간이니 동물(짐승)의 제한성을 지니고 있지만, 그것을 승화시켜 신의 경지까지 이르게 할 수 있는 것이 인간의 정신력이며 사유의 힘이다. 필자도 강의나 강연을 할 때 많이 강조해 온 부분이다. 인간을 가운데 놓고, 신성(神性)쪽으로 자기를 들어 올려 승화시키면 신에 가깝게 되고, 수성(獸性) 쪽으로, 본능을 제어하지 못하고 본능과 욕망에 젖어 살면 짐승에 다름없는 인간으로, 어쩌면 짐승보다 더한 인간으로 살아가게 된다고 젊은이들에게 삶의 자세를 강조해 왔다. 그런데 여류 선생의 시 「신령한 짐승을 위하여」는 인간의 이러한 신성과 수성을 포괄적으로 표현하면서 짐승(동물)의 본성을 지닌 인간을 '신령스럽게' 승화시키고 또 그렇게 살아야 한다고 방향 제시까지 해주고 있지 않은가.

그러나 그뿐이 아니었다. 선생이 걸어가는 길은 시인이라기보다는 구도자, 수행자의 길이며, 농민운동, 환경생태운동, 생태귀농운동처럼 나 같은 범인이 볼 때는 무척 힘든 길이라 싶은 그 길을 앞장서서 이끌고 몸으로 실천해왔다는 점에서 선생의 시와 삶이 하나인 길이라 싶다.

마치 시인 윤동주가 글로는 표현해도 몸으로 실천하지 못하는 것을, 3개월 차이로 같은 집에서 태어나 거의 모든 과정을 함께 하고 옥중의 죽음까지도 함께 한 고종사촌 송몽규가 적극적으로 실천하는 것을 보면서 자신을 '부끄럽게'

생각하여 부끄러움 의식이 그의 시에 많이 표현되어 있듯이, 필자는 스스로 고향을 떠나와서 도회지의 안이한 소시민의 삶에, 자신만을 위하는 개인적 삶에 물들어 있는 것을 부끄럽게 여기며 지내 왔다. 그런데, 이렇게 부끄러운 사람에게 문단에 조금 일찍 발을 들여놓아 글을 쓰고 있다는 이유로, 서정시 선집을 엮으면서 필자에게 해설을 청해 주셔서 부족하나마 이 글을 쓰기에 이르렀다.

2.

시집 『그 이름으로 부를 때』에는 이미 펴낸 몇 권의 시집에서 서정시에 해당하는 시편들을 추슬러 묶는다고 시인의 말에서 밝히고 있지만, 서정시를 넘어서서 종교적 깊이, 명상의 깨달음을 노래하는 시가 대부분을 차지하고 있다.

순수한 사랑을 노래한 시에서도 이러한 종교적 깨달음에 바탕을 두고 있어서 읽는 이로 하여금 깊이 사유하게 만들어 준다.

'서정시 선집을 엮으며'라는 머리말에서부터 여류 시인의 노래는 온통 사랑 노래이다. 그 사랑은 나와 너, 우리의 개념이 아니라 처음부터 하나인 '당신'에 대한 사랑이다. 범아일여(梵我一如), 너와 내가 따로 존재하는 것이 아니고 차별화된 것이 아니라 본질에서 하나였던, 그런데 현상적으로는 나뉘어서 서로 그리워할 수밖에 없는, 우주적 자아(브라흐만:梵)에 대한 사랑 노래이다. '온 세상 곳곳에 있는 당신, 가고 머무는 모든 곳에 있는 당신'. 보이는 것과 보이지 않는 것, 존재하는 것과 존재 너머에 있는 당신을 그리워하며 바치는 절절한 사랑 노래는 범상한 시인의 노래가 아니다. 그것은 브라흐만과 아트만(我)의 일체화, 화엄사상의 상입상즉(相入相卽), 모든 개체의 조화와 평등, 자연과 인간의 조화와 평등을 추구하는 수행자, 구도자의 노래이다.

하얀 꽃그늘에서
오래고 늘 새로운 존재를 생각한다
나보다 먼저 있었고
또 나중에 있을,
어머니 땅에 뿌리하여
한 번도 제자리 벗어나려 한 적이 없이
사철 천지의 운행에 몸을 맡기고
햇살과 구름
바람과 눈비 가림 없이 보듬어 안아
봄마다 더 새롭게 피어나서
온 세상 눈부시게 장엄한 뒤엔
하이얀 그 꽃잎 미련 없이 흩어버리고
한 가닥 남은 향기마저 바람에 띄우는
머무르는 바 없는 보시를 생각한다.
환한 미소 그 자취 지운 자리에서
존재만으로 그저 기쁘고 고마운
무구(無垢)한 영혼을 생각한다.
　　　　- 「목련 앞에서」 전문

금강경의 가르침 중에 무주상보시(無住相布施)가 있다. 머무르는 바 없는 보시, 누군가에게 무언가를 주고서도 주었다는 것 자체를 잊어버리는 보시, 상(相)을 지니지 않는 보시가 참 보시임을 설하고 있다.

인간에게는 보상 심리가 있다. 가장 계산하지 않고, 절대적인 사랑과 희생을 주는 부모의 사랑조차도, 그 자식이 제대로 살아가지 못할 때는 '내가 너를 어떻게 키웠는데'라는 마음을 갖게 되는 것이 인지상정이다. 하물며 개인과 개인 사이에서는 그것이 물질이든 정신적인 것이든 주면 받고 싶은 마음이 생기게 마련이다. 그런데 최상의 보시는 주고 나서 주었다는 생각 자체가 없는 보시라고 한다. 그렇게 되기 위해 노력하는 사람은 자기를 신성 쪽으로 승화시키려 노력하는 사람일 것이다.

시인은 목련 앞에서 '머무르는 바 없는 보시'를 생각하고 있다. 봄마다, 누가 재촉하지 않아도 천지의 운행에 따라 새롭게 피어나서 온 세상을 아름답게 장엄하고, 미련 없이 지는 꽃, 향기마저 바람에 띄워 사라지는 꽃. 그 꽃은 '오래고 늘 새로운 존재'이며 '나보다 먼저 있었고, 또 나중에 있을' 존재이다. 세상 만유를 가림 없이 사랑하며 장엄해 주는 자연의 이치이며, 우주적 자아의 사랑이다. 해마다 다시 돋아나고 봄마다 다시 피어나서 우주를 존재하게 하는 우주의 생명력이다. 시인의 이러한 노래는 자연물인 목련을 객관적 대상으로 하고 있지만, 온 세상과 자연, 두두물물(頭頭物物)에게 드리는 사랑의 헌시이다.

환하게 피었던 꽃 처연히 지고
꽃 진 그 자리 봉긋이 열매 맺히는 것은
칭얼대며 보채던 아이가
다시 방실대며 웃는 것은

알에서 깨어난 그 어린 새가
어느새 힘차게 저리 하늘 솟구쳐 오르는 것은
이 모든 것이 무상하기 때문이다

속절없음으로 무너지던 자리
다시 딛고 일어서는 것도
떠나보내는 등 뒤에서
기다림의 노래 다시 부르는 것도
이 또한 무상하기 때문이다

만남과 이별이여
태어남과 돌아감이여
무상함으로 늘 새로움이여
나는 오늘 다시 태어나
온몸 설레며 네게로 간다
언제나 새롭게 피어나는 나의 신부여.
       -「무상(無常)을 위하여」 전문

길 위에 섰다
떠나는 길인가
돌아오는 길인가

어둠 속에 있다
밤이 깊어가는 것인가
날이 새는 것인가

바람결에 들리는 향기
꽃이 피는가
지고 있는가

모두 한 길
삼배(三拜)한다
살아있음에 더 많은 감사를
　　　－「외길에서」전문

　무상(無常)은 초기 불교의 근본 교리인 삼법인(三法印 : 제
행무상諸行無常, 제법무아諸法無我, 열반적정涅槃寂靜)의
하나로, 일체 만물이 끊임없이 생멸변화(生滅變化)하여 동
일한 상태에 머물러 있지 않는 것을 의미한다. 현상계의 두
두물물은 항상 변하며 영원한 실체로 존속하는 것은 아무
것도 없다는 뜻에서 만물의 실상을 표현한 것이다.
　시 「무상(無常)을 위하여」에서 지는 꽃이 있어야 다시 피
어나고 삶은 죽음에서 다시 돌아나고, 만남이 있으면 이별
이 있고 이별이 있어야 만남이 있다고 노래하고 있는데, 그
모든 변화는 한 찰나도 눈앞에 보이는 그 현상대로 있지 않
고 시시각각 변해가는 무상함에서 온다.
　우리가 '인생무상'이라고 일상용어로 흔히 쓰는 비관적,
허무적인 의미가 아니라, 인(因)과 연(緣)이 서로 결합하여
생겨나는 모든 존재는 서로 관련을 맺는 관계성 안에서 존
재하며, 항상 변화하는 무상의 법칙을 노래한다. 변화하기
때문에 새로운 탄생이 있고, 새로운 만남이 있고, 무너지는
자리에서 다시 일어서서 새롭게 자신을 다잡는 정진이 있

는 것이다. 그래서 시인은 오늘도 다시 태어나고 새롭게 피어나는 '신부'를 맞이하여 온몸을 설렐 수밖에 없는 것이다.

 마찬가지로 이러한 무상으로 세상을 바라보면 떠나는 길은 다시 돌아오는 길이며, 밤이 깊어 가면 날이 새고, 어둠이 깊으면 새 빛이 돌아오고, 꽃이 피는가 했는데 꽃이 지고, 모두가 한 길, 외길로 이어져 있다. 시인은 무상하기에 모두 한 길로 이어져 있는 그 길 위에서 새로운 깨달음으로 감사하며 삼배하고 있다. (「외길에서」)

 여기 그리워하는 내가 있는 것은
 거기 그리운 당신이 있는 까닭입니다.
 당신이 있어 내가 있으니
 당신이 나를 낳았습니다.

 여태껏 내가 있어 당신이 있는 줄 알았지요.
 당신이 나임을
 천지간에 모든 당신이 곧 나임을
 나밖에 따로 누가 없다는 걸 늦게 사 알았지요.

 지금 내가 웃는 것은
 그리 당신이 웃는 까닭이요
 여기서 내가 아픈 까닭은
 어딘가에서 당신이 그리 앓기 때문입니다.
 (중략)
 섬들이 물 아래로 이어져 있듯

서로가 서로를 보듬고 있으니
머물 때나 가고 올 때에도
따로 떨어져 있지 않음을 알겠습니다.

고맙고 고맙습니다.
천지간에 오롯한 당신이 있어
여기에 이리 내가 있습니다.
　　　- 「당신이 있어」부분

　브라흐만에 대한 아트만의 그리움과 일체화를 노래한 사
랑노래이다.
　우주의 근본적 실재 원리인 브라흐만을 '당신'이라 이름
지어 부르며, 모든 곳에 존재하는 당신이 있어서 내가 존재
함을, 당신의 웃음이 있어 내가 웃고, 당신이 앓고 있으면
내가 아프고, 우주만유의 원리에 눈뜨는 것도 당신이 있기
에 가능하다는 것이다.
　우주적 자아인 브라흐만(신, 梵天)이 육체를 가진 인간에게
깃들이면 숨 쉬는 영혼(個我)이 된다. 그러므로 당신이 나를
낳았다. 당신과 나는 분리될 수 없는 하나이다. 물 위에 떠
있는 섬이 현상적으로는 따로따로인 것 같지만, 물 아래로
는 이어져서 육지와 하나가 되어 있는 것처럼 근본은 하나
이어서 따로 떨어져 있지 않음을, 우파니샤드 철학과 힌두
교의 가르침을 바탕에 깔고 적절한 비유를 통해 그 어떤 사
랑 노래보다 더 절절한 사랑을 노래하고 있다.

　한 아이가 운다

내 안에서 우는 아이는
내 바깥에서도 운다
우는 아일 달래려다 내가 따라 운다
우는 나를 달랠 수 없다
무엇으로 이 아일 달랠 것인가
누가 내 울음 그치게 할까
세상에 가득한 울음
　　　-「세상의 울음」전문

　여류 시인은 늘 밝은 눈, 깨달음의 눈으로 세상을 관(「지켜보기(觀)」)하며 '환한 미소'를 짓는 것만은 아니다. 시인은 자신이 발붙이고 사는 세상으로 눈길을 돌려 세상의 울음을 함께 울기도 한다.

　시인은 곡비(哭婢)이다. 세상에는 울고 싶어도 울지 못하는 사람, 울음이 목울대까지 가득 차올라도 울지 않고 참는 사람처럼 많은 울음이 있다. 시인은 이러한 울음을 찾아서 대신 울어주는 사람이다. 그들의 울음을 대신 울어줌으로써 독자들로 하여금 카타르시스(自己淨化)를 느끼게 해준다.

　여류 시인은 이러한 시인의 본연으로 돌아가서 섬세하고 예리한 감각으로 세상의 울음을 감지한다. 그리하여 '한 아이'의 울음을 통해 내 안에서 우는 아이도, 내 바깥에서 우는 아이도 함께 발견한다. 세상에 가득한 울음(내 울음)을 달랠 수 없어 함께 울어줌으로써 세상의 울음을 조금이라도 그치게 하고, 세상을 맑고 밝게 만드는데 기여하는 시인의 책무에 충실히 임하고 있다.

한 송이 꽃이 어떻게 피어나는지를
떨리는 가슴으로 지켜본 사람은
꽃 한 송이가 지기 위해 애씀이 어떠한지를 안다.

서녘 햇살에 긴 그림자 끌며 먼 길 걸어본 사람은
남은 날들의 소중함이 어떻게 절실한지를 안다.

보름달보다 열이레 달이 어떻게 더 깊게 비치는지를
아는 사람은
떠나는 것보다 기다리는 것이 어째서
더 애달픈지를 안다.

빈방에 앉아 두 잔의 차를 따른다.
마주한 잔이 떨리는 것은
지는 꽃 앞에서 떨고 있는 당신 때문임을 이제사 안다.
　　　　-「떨림의 까닭」전문

　꽃이 피어나기 위해 애쓰는 것보다 지기 위해 애쓰는 것
에 더 마음을 기울이는 시인, 그리하여 시인은 '지는 꽃 앞
에서 떨고 있는 당신'을 위해 빈방에서 차를 따른다. '지는
꽃 있어 피는 꽃 눈부시'고, '세상에 지는 것들의 눈물겨움
이 있어/ 피는 것들을 이리 눈부시게 한다는 것을'(「지는 것
들을 앞두고」) 아는 까닭이다.

　내 사랑은 출렁이는 저 바다와 같네
　당신에게로 쉼 없이 출렁이지

저 파도는

당신에게 달려가는 내 발길

떨림으로 다가가는 그 손길이네

고요히 밀려가기도

와락 온몸으로 쏟아지기도 하지

달빛 환하게 눈부실 때

내 몸도 은빛 물결로 반짝이고

비 내리는 밤엔

부둣가 노란 불빛 아래서 목이 잠긴 노래를 부르지

당신은 언제나 저만치 서 있고

나는 당신에게 가닿기 위해

오늘도 온몸 떨며 출렁이네

뭍에 부딪혀 울리는 저 파도 소리는

목매게 부르는 당신의 이름

저 바다는

그리움으로 일렁이는 내 사랑과 같네

잠시도 이 떨림 멈출 수 없네

　　　-「내 사랑은」 전문

'사랑'은 보이지도 않고 붙잡을 수도 없는 추상적 관념이
다. 이 관념을 어떤 객관 상관물에 의탁해 표현하느냐에 따
라 시의 성패가 갈라진다. 그런데 여류 시인은 시의 깊이에
서뿐만 아니라 표현 면에서도 성공하고 있는 것으로 보인
다.

시 「내 사랑은」을 보자. '바다, 파도, 발길, 떨림, 손길, 달
빛, 물결, 부둣가, 불빛, 온몸, 당신, 이름' 등의 명사 소재,

그리고 움직임이나 상태를 나타내는 동사, 형용사, 부사 '출렁이는, 출렁이지, 달려가는, 다가가는, 밀려가기도, 쏟아지기도, 환하게, 눈부실, 반짝이고, 내리는, 목이 잠긴, 부르지, 서 있고, 가 닿기, 떨며, 부딪쳐, 울리는, 부르는, 일렁이는, 멈출 수' 등의 시어를 통해 다른 관념어는 거의 쓰지 않고 '사랑'이라는 관념을 이미지로 형상화(形象化)시켜 성공적으로 표출해내고 있다.

스스로 전문 시인이 아니고 일상 속에서 느껴지는 것들을 그저 메모하듯이 적는 사람이라고, 재주도, 능력도 모자란다고 겸손해 하고, 종교적 깨달음이 진술 형식으로 표현된 시도 더러 있지만 많은 작품에서 시적인 표현에-형식면에서도-뛰어난 좋은 시를 쓰고 있음을 알 수 있다.

지금은
그저 고마워할 때
곁에 있는 것만으로
내밀어 그 손 잡을 수 있는 것만으로도
더없이 고맙고
마냥 눈물겨워서 할 때

지금은
오직 사랑할 때
그 사랑 더 이상 미루지 않을 때
망설임 없이 달려가
주저함 놓고 사랑한다고 고백할 때

지금은
다만 가슴을 열어야 할 때
가림 없이 품어 안아야 할 때
마주 안은 가슴으로 눈물 훔치며
다시 환하게 웃어야 할 때
　　　　－「지금은」 부분

　여류 시인은 이 시에서 우리 모두 새겨야 할 화두를 제시
하고 있다. '지금은' 나에게, 당신에게, 나라고, 당신이라고
부르는 우리 모두에게 처음인 듯 마지막인 듯 혼신으로 고
마워하고 사랑하고 가슴 열어 품어 안아야 할 시간이다. 우
리의 모든 시간을 이 하나의 화두에 바친다면 우리 모두는
브라흐만 속의 아트만, 우주라는 큰 품속에서 숨 쉬는 진정
한 자아(眞我)와 만나서 늘 행복할 것이다. 너와 나의 경계
가 따로 없이 네가 빛나면 나도 빛나는 자타불이 범아일여
의 세상에 대한 사랑과 희원의 노래이다.

　모두가 탈 없이 잘 지내기를
　참으로 행복하기를

　내쉰 내 숨을 당신이 들이쉰다
　우리는 서로에게로 이어진 한 물결
　만물이 한 숨길 속에 출렁인다

　선 자리가 중심
　물결은 이 자리에서 일어나고

다시 이 자리로 밀려온다

서로가 서로를 품어
어느 것 하나 외따로 일 수 없는 이 물결 속에서
가는 것이 오는 것이다

본시 한목숨
내가 먼저 가슴 열어
당신을 안는다.
          -「먼저 가슴 열어」부분

　제석천에는 인드라망이라는, 구슬과 구슬을 서로 이은 구슬 그물이 있는데, 하나의 구슬이 흔들리면 모든 구슬이 흔들리고, 하나의 구슬이 빛나면 모든 구슬은 서로가 서로를 비추어서 함께 빛난다. 모든 구슬이 서로의 안으로 들어가서 비추고(상입:相入), 모든 구슬은 서로 연결되어 상호의존적이어서 홀로 존재할 수 없는 연기적 관계를 이루고 있다(상즉:相卽). 상입이란 개체이되 개체가 아닌 전체로 융합되는 관계이며, 상즉(相卽)이란 겉으로 보기엔 별개인 것 같지만 그 본체는 하나이기 때문에 이것과 저것은 분별하거나 차별하지 않아야 하는 지혜를 가리킨다.
　위의 시에서 나와 당신은 '본시 한목숨'이며, '내쉰 내 숨을 당신이 들이쉬듯'이 서로가 '서로에게 이어진 한 물결'이라 함은 바로 화엄불교의 인드라망, 상입상즉(相入相卽)의 깊은 이치를 노래하고 있는 것이다. 이 자리에서 일어나 다시 이 자리로 돌아오는 '물결'은 본시 하나이고, 본시 한목숨

이기에 '내가 먼저 가슴 열어/ 당신을 안으며' 우주의 삼라만상을 차별 없이 사랑하며 융합하는 평등과 평화의 세상을 지향하는 의지가 표출되어 있다.

3.

여류 시인의 노래는, 처음부터 하나인 '당신'에 대한 사랑 노래이다. 너와 내가 따로 존재하는 것이 아니고 차별화된 것이 아니라 본질적으로 하나였던, 그런데 현상적으로는 나뉘어서 서로 그리워할 수밖에 없는, 우주적 자아(브라흐만:梵)에 대한 사랑 노래이다.

보이는 것과 보이지 않는 것, 존재하는 것과 존재 너머에 있는 두두물물을 '당신'이라 호명하며 그리워하며 바치는 절절한 사랑 노래는 범상한 시인의 노래가 아니다. 그것은 브라흐만과 아트만(我)의 일체화, 화엄사상의 상입상즉(相入相卽), 모든 개체의 조화와 평등, 자연과 인간의 조화와 평등을 추구하는 수행자, 구도자의 노래이다.

그러므로 지금, 여기, 자기 자신을 비롯하여 이 시집을 읽는 독자들에게 범아일여, 상입상즉의 깊은 화두를 던지는 여류 시인은 그가 해야 한다고 생각하고, 나아가야 할 바를 머리로, 가슴으로, 몸으로, 언어로 행하는 수행자이며 앞장서서 실천하는 실천가이다.

그가 지극한 명상 속에서 '고요한 중심'(「지켜보기(觀)」)에 이르러 환하게 미소 짓는 것이 보인다.

아주 작은 부분이지만 여류 시인을 알고 이해하게 되어서 기쁘게 생각하며, 필자도 자신의 삶을 돌아보는 계기가 되었다.

 시인이 노래하였듯이 누군가 먼저 가슴 열어 세상을 받아들이면, 세상이 모두 서로를 받아들여 환하게 마주 웃는 아름답고 평화로운 세상이 실현되기를 기원하며, 여류 시인의 삶과 시가 더욱 높깊어져서 많은 이들에게 빛이 되기를 기원하며 필을 놓는다.

여류의 노래 ⑥ - 서정시 선집

그 이름으로 부를 때

1판 1쇄 펴낸 날 2021년 4월 27일

지은이 이병철
펴낸곳 홍진북스
펴낸이 최미례
편집디자인 장순철

출판신고 2004년 7월 2일 제2011-000016호
주소 (우 04089) 서울특별시 마포구 독막로28길 34
전화 02-712-3733
팩스 02-730-6575
이메일 jmbook@naver.com

ⓒ 홍진북스 2021

ISBN 978-89-92200-79-0 03800